EXCLUSIVO

SÓ PARA CONVIDADOS

KATE BRIAN

EXCLUSIVO

SÓ PARA CONVIDADOS

Tradução de
CELINA CAVALCANTE FALCK-COOK

galera
RECORD
Rio de Janeiro | 2010

CIP-BRASIL. CATALOGAÇÃO-NA-FONTE
SINDICATO NACIONAL DOS EDITORES DE LIVROS, RJ

B86s
Brian, Kate, 1974-
Só para convidados / Kate Brian; tradução de Celina Cavalcante Falck-Cook. – Rio de Janeiro: Galera Record, 2010.
–(Exclusivo; 2)

Tradução de: Invitation only
ISBN 978-85-01-08502-3

1. Literatura infanto juvenil americana. I. Falck-Cook, Celina Cavalcante, 1960- . II. Título. III. Série.

10-0593
CDD: 028.5
CDU: 087.5

Título original em inglês:
Invitation Only

Texto revisado segundo o novo Acordo Ortográfico da Língua Portuguesa.

Adaptação do design de capa criado por Julian Peploe.

Direitos exclusivos de publicação em língua portuguesa somente para o Brasil adquiridos pela
EDITORA RECORD LTDA.
Rua Argentina 171 – Rio de Janeiro, RJ – 20921-380 – Tel.: 2585-2000
que se reserva a propriedade literária desta tradução

Impresso no Brasil

ISBN 978-85-01-08502-3

Seja um leitor preferencial Record.
Cadastre-se e receba informações sobre nossos lançamentos e nossas promoções.

Atendimento e venda direta ao leitor:
mdireto@record.com.br ou (21) 2585-2002

K.B. gostaria de agradecer aos seguintes
integrantes do grupo pelo apoio:
Em A.B.E.: L.W., J.B., L.M., B.S., M.F., R.D.
Em S.P. (et al.): E.M., A.B., S.W., J.Z., C.B.
E, como sempre: M.V.

WHITTAKER

A noite estava fria. Fria e muito escura, sem estrelas e sem lua, e com um vento que arrancava um dilúvio de folhas das árvores sempre que soprava. As folhas, ainda molhadas após o chuvisco matinal, estavam sujas e viscosas e, por isso, causavam uma sensação desagradável ao encostarem na pele. Então, quando uma nova lufada de vento fustigou as colinas, todos nos abaixamos e nos protegemos. Senti que estava começando a tremer.

— Ai! Tem uma no meu pescoço! — gritou Taylor Bell, encolhendo os ombros até as orelhas e se abaixando. Ela segurou a garrafa de vodca que vinha bebendo aos poucos durante a noite toda com uma das mãos e bateu nas costas com a outra, sem conseguir nada. A enorme folha amarela havia grudado quase por inteiro no pescoço dela, colando na pele os cachos louros que tinham escapado do rabo de cavalo.

— Alguém tire isso daí!

Normalmente, Taylor não bebia mais do que os outros, mas naquela noite estava bebendo como se álcool fosse o néctar dos deuses, talvez porque ela, como muitos outros, sentisse necessidade de apagar da memória o fim de semana de visita dos pais, que tinha se encerrado apenas algumas horas antes com uma cerimônia na capela da Academia Easton. Só que os pais dela pareciam legais, e Taylor tinha dado a impressão de estar pelo menos se sentindo confortável na presença deles. Fiquei imaginando se estaria preocupada com alguma outra coisa.

— Anda, tira logo! — reclamou de novo. — Anda, gente!

— Não conte comigo — disse Kiran Hayes, tomando um gole bem-comportado da sua garrafinha prateada. Depois puxou o casaco comprido de cashmere, envolvendo os joelhos e prendendo-o com as mãos. — Acabei de fazer uma hidratação de parafina.

Kiran, a primeira modelo em carne e osso que eu havia conhecido e uma das garotas mais deslumbrantes que já havia visto na vida real, sempre tinha acabado de fazer alguma coisa. Reflexos, mechas invertidas, dermabrasão, aplicação de emplastros de algas na coxa, depilação de sobrancelhas com linha. A maioria dessas técnicas parecia tortura, mas os resultados certamente valiam a pena.

Noelle Lange revirou os olhos e arrancou a folha grande e molhada da pele de Taylor.

— Vocês são mesmo umas prima-donas — disse, com desprezo. Jogou a folha no chão, que aterrissou diante da rocha longa e achatada sobre a qual estava sentada Ariana Osgood. Ariana olhou a folha por um momento, examinando-a atentamente como se ali estivesse o significado da vida. Uma brisa mais leve ergueu seus cabelos compridos e quase louro-platinados dos ombros, e ela olhou para cima, fitando-os, depois fechou os olhos, extasiada.

Tirei minha terceira cerveja do cooler do outro lado da clareira e fiquei assistindo ao quadro vivo que se desenrolava ali como se fosse uma antropóloga estudando um subconjunto da raça humana ainda não classificado. Eu fiquei fascinada pelas Meninas do Billings desde o momento em que pus os olhos nelas pela primeira vez, um mês antes, através da janela do meu alojamento do segundo ano, na Academia Easton. Fascinada a distância, quero dizer, aparentemente sem esperança de conseguir chegar nem perto delas. Mas isso não demorou a acontecer. As Meninas do Billings agora eram minhas amigas. Colegas de alojamento. As pessoas com quem eu costumava ir a festas ilegais no bosque que ficava nos arredores do campus.

Se é que se pode dizer que "duas vezes" é o mesmo que "costumava ir".

Eu agora era uma delas. Tinha ascendido ao ponto mais alto da hierarquia da Easton, muito embora, se alguém me pedisse para sentar e contar como tinha conseguido, não fosse capaz sequer de encontrar as palavras para narrar essa proeza. Não fazia muito tempo, elas haviam ficado irritadas comigo por ter continuado a falar com meu namorado, Thomas Pearson, que nenhuma das meninas aprovava. Achei que havia perdido para sempre a amizade delas ao manter contato com ele às escondidas, oferecendo-me para continuar ao seu lado e ajudá-lo a resolver seus problemas. Em vez disso, pelo visto, elas ficaram bem impressionadas.

Não sei como. Mas graças a Deus, porque, com a ajuda delas, talvez eu tivesse uma chance de deixar meu passado para trás. De não ser mais uma entre tantos de Croton, Pensilvânia, que voltaram para sua cidade natal depois de dois anos de faculdade para assumir cargos de gerência na Costco. Com as Meninas do Billings me apoiando, eu realmente teria uma chance na vida. Um futuro. Uma oportunidade de fazer parte de um mundo com o qual até ali havia apenas sonhado: o mundo do sucesso. Do privilégio. Da liberdade.

— Tudo bem, Reed? — indagou Noelle, erguendo os cabelos compridos e pretos acima do ombro. — Se não quiser outra cerveja, tenho certeza de que Kiran adoraria preparar um Especial Hayes para você.

Seus olhos dançaram, travessos, e percebi que ela havia notado meu estado de contemplação. Em função de tudo que devia a elas, eu não queria dar a impressão de não estar grata por ter sido convidada para aquela festa. Afinal, eu estava tomando cerveja em vez de prestando favores a elas, como fazia quase o tempo todo desde a primeira semana de aula. Então acenei, recusando a oferta gentilmente.

— Tudo bem. Cerveja está bom — respondi, erguendo a garrafa.

Usei o abridor enferrujado para remover a tampa e tomei um gole demorado, sabendo que Noelle ainda me observava. Eu tinha tomado cerveja pela primeira vez um pouco mais cedo, naquela mesma noite. Agora estava na terceira garrafa, que já descia mais facilmente. Parecia que o segredo era tomar goles longos e não deixar o líquido na boca durante tempo suficiente para tocar a língua. É. Refrescante. Inspirei profundamente e soltei o ar em uma nova e gelada brisa, puxando mais o meu suéter para que cobrisse melhor minha pele arrepiada. Eu estava para voltar à companhia das meninas, quando uma súbita mudança de assunto perto da fogueira me deteve.

— Vou lhe dizer uma coisa — anunciou Dash McCafferty. — Esse sumiço dele vai entrar para a história como um dos maiores truques de desaparecimento de todos os tempos.

— Talvez ele esteja na casa da avó em Boston — sugeriu Josh Hollis.

Dash deu de ombros.

— Pois sim, tenho certeza de que já foram lá revistar a casa da bruxa velha.

Thomas. Estavam falando de Thomas. Eu não podia acreditar que, na última vez em que eu tinha estado naquele lugar, ele também estivera presente. Haviam se passado aproximadamente 48 horas desde que alguém vira Thomas Pearson pela última vez. Ele tinha desaparecido da Easton sem deixar nem um bilhete. E, segundo seu colega de quarto do alojamento, Josh Hollis, que agora estava de pé perto da fogueira com os outros rapazes, olhando firme para as chamas, o Thomas tinha sumido sem levar um lenço sequer, nem mesmo a camiseta preta preferida. Na manhã de sexta, Thomas tinha confessado que me amava, me fizera prometer que eu o apoiaria, acontecesse o que acontecesse, e depois simplesmente evaporara.

Eu me perguntava o que Josh sabia... sobre mim, sobre o que eu e Thomas tínhamos feito juntos. Será que Thomas *contara* a Josh o que tínhamos feito no quarto do alojamento? Não tinha certeza. Não o conhecia bem o suficiente para ter certeza. Mas agora, toda vez que via Josh, perguntava-me se ele sabia o que eu havia feito, e isso me fazia sofrer.

Não queria que metade da escola ficasse sabendo que eu tinha perdido a virgindade com um cara que talvez fosse bem-intencionado mas também era problemático demais para ter um relacionamento saudável. Perdido a virgindade com um cara que eu sabia (mesmo antes de ele sumir) que provavelmente não devia namorar, mas pelo qual, mesmo assim, sentia uma atração irresistível. Perdido minha virgindade com Thomas Pearson, o cara mais popular da Easton e também, como eu havia recentemente descoberto, o principal fornecedor de drogas do campus. Ainda não conseguia acreditar nisso.

Josh tomou um gole de sua cerveja, até então intocada. Tinha um rostinho tão infantil que parecia deslocado ali, segurando aquela garrafa de vidro verde. Seus cachos louros dançavam na brisa, e ele estava usando um cachecol comprido e listrado sobre uma camiseta cor de ferrugem meio amassada e uma jaqueta marrom de veludo. Ele tinha um quê de artista: criativo e zeloso. Eu gostava disso nele. Também gostava do fato de que ele tinha uma voz bem alta, alta o suficiente para que eu pudesse ouvir a conversa sem que ninguém percebesse.

— E a casa deles em Vail? — perguntou.

— Cara, o Pearson não está escondido em nenhum lugar óbvio. Vai por mim. — Dash disse em meio a um ronco de catarro. Para um cara extraordinariamente bonito, todo escultural, louro, tipo modelo da Abercrombie, ele tinha um probleminha no quesito higiene. Cuspiu na fogueira e tomou um gole de cerveja.

— Que coisa mais fina, Dash — disse Noelle, do outro lado da clareira.

— Valeu, gatinha — respondeu ele e depois voltou ao tema da conversa. — Simplesmente não dá pra acreditar que eles ligaram para a polícia. Que perda de tempo! Se o Pearson está escondido em algum lugar, é em Nova York.

— Acha mesmo? — A esperança na voz de Josh reacendeu a minha.

— Está brincando? — disse Gage Coolidge. Gage era um cara magricelo, alto, arrumadinho, com cabelos pretos espetados, parecendo um integrante de alguma *boy band* britânica só de gatos. — Thomas Pearson está dando o maior golpe de todos os tempos agora, neste momento. Toda a Costa Leste dos Estados Unidos está procurando por ele, e ele está em algum lugar, se divertindo à beça.

— É, talvez — falou Josh, mordendo o lado de dentro da bochecha e observando o fogo.

— Talvez coisa nenhuma — disse Dash. — Vai por mim. O Halloween vem aí, falta menos de um mês. E sabe o que isso significa.

— A Legado — disse Josh.

— Exatamente — confirmou Dash, afastando um dedo da garrafa de cerveja e apontando-o para Josh. — E Pearson não vai perder essa. Se ele não estiver lá, eu dou meu Lotus para alguém.

— Isso é coisa séria, cara — disse Gage.

— Não brinca.

— É verdade — disse Josh, concordando. — Pearson *é* a Legado.

— Rapaz, se ele aparecer por lá, a gente podia agarrar o cara, arrastá-lo até aqui e receber uma medalha como recompensa — disse Gage.

— Ah, com certeza! — respondeu Dash, batendo na palma da mão de Gage com a sua, acima da cabeça de Josh.

Legado? Que diabo era Legado? Eu me afastei da árvore em que estava encostada, imaginando que Noelle e as outras podiam me dar uma pista, mas antes que eu conseguisse dar um passo, Natasha Crenshaw me interceptou.

— Reed! Aonde você vai? — indagou ela, passando o braço em torno do meu pescoço.

Gelei, imaginando por que ela estaria perguntando. Natasha Crenshaw era minha nova colega de quarto no Alojamento Billings. E eu só havia me tornado sua colega porque a melhor amiga dela, Leanne Shore, tinha sido expulsa por colar num teste — o maior escândalo da Easton durante o ano inteiro. Natasha fervia de tanto rancor, desde que eu tinha começado a tirar as coisas das malas e caixas para guardá-las no nosso quarto, no dia anterior. Ela exalava ressentimento.

Por isso fiquei tão confusa.

— Você está bem? — perguntei a ela.

— Estou! — respondeu, aquele branco perolado dos dentes dela quase me cegando. Natasha tinha pele negra, cabelos pretos e um atrevimento à la Tyra Banks. Senti todas as curvas macias de seu corpo quando ela se encostou em mim e enrubesci. Como eu era meio reta, não tinha ideia de como ela fazia para se movimentar com todos aqueles atributos. — Escuta, eu só queria te pedir desculpas se não tenho sido muito simpática nos últimos dias — disse ela, me afastando dos meninos. — Ainda estou meio chateada com o que aconteceu com a Leanne e acho que andei descontando em você. E não foi nada gentil da minha parte. Você me perdoa?

Uma outra característica de Natasha era sempre vir com essas declarações francas e perfeitamente lógicas. Ao contrário de qualquer outra garota que eu tinha conhecido, ela parecia não ter nada a esconder. O que era bem estranho.

— Hã... Claro — respondi, meio insegura.

— Ótimo! Porque realmente quero ser sua amiga — disse Natasha, agarrando minha mão. — Uma grande amiga.

Sua expressão era tão sincera que me fez sorrir, em parte por achar graça e em parte de alegria mesmo.

— Tudo bem, também gostaria muito — respondi.

— Que bom! — gritou Natasha. E tirou uma câmera digital minúscula do bolso da jaqueta de couro preto, erguendo-a em uma das mãos, enquanto me abraçava com a outra. — Sorria!

Eu sorri, e o flash disparou. Pisquei, vendo um monte de manchinhas roxas flutuando no ar.

— Um clássico instantâneo — declarou Natasha, verificando a telinha.

— Legal — falei, olhando de relance para Josh e os outros, perguntando-me se ainda estariam falando de Thomas e se me contariam se estivessem. — Eu já volto.

Já estava na metade do caminho até a fogueira, quando de repente todos os rapazes olharam para cima ao mesmo tempo e gritaram:

— Whittaker!

Eu quase tropecei.

— O quê?

— Cavalheiros! Senhoras! Ah, meu coração se aquece quando vejo todos reunidos aqui, exatamente como nos velhos tempos!

Hã?

Atrás de mim estava o maior espécime do sexo masculino que eu já havia visto fora de um campo de futebol americano. Ele devia ter pelo menos 1,95m e pesar bem mais de 110 quilos, mas sustentava todo esse peso com dignidade, ombros para trás, passo confiante. Tinha faces rosadas, óculos redondos e um corte de cabelo de um homem muito mais velho, daquele com topete de dois ou três centímetros de altura na frente e alisado com gel atrás. Atravessou a clareira a passos largos, cumprimentando as Meninas do Billings com um aceno de cabeça, como um aristocrata, antes de bater nas mãos de Dash, Gage, Josh e dos outros.

— Como estamos nós nesta bela noite? — indagou ele, naquela sua voz retumbante. Pôs as mãos acima do fogo, esfregou-as uma na outra e depois estendeu-as outra vez.

Quem era aquele cara? E por que falava como se tivesse acabado de sair de um romance de Jane Austen?

— Que achou do Oriente? A comida chinesa é mesmo melhor na China? — brincou Gage, tomando goles de cerveja.

Perdi a resposta de Whittaker devido a outra lufada de vento, mas todos os outros rapazes riram do que ele disse, reunindo-se em torno dele e fitando-o, animados. Era como se Papai Noel tivesse acabado de entrar em uma sala do jardim da infância. Quando dei por mim, já me encaminhava vagarosamente na direção de Noelle e das outras.

— Reed, estava começando a pensar que tinha se esquecido de nós — disse Noelle, sem rodeios, tomando um golinho de cerveja. Ela era a única das Meninas do Billings que tomava cerveja e a minha motivação para ter escolhido essa bebida. O resto preferia drinques preparados com quaisquer bebidas que Kiran e os rapazes conseguissem arranjar. — O que houve, você se apaixonou de novo?

— Hã?

— Não consegue tirar os olhos do Whittaker — comentou Kiran, os olhos castanhos brilhando. — Escolha interessante.

— Ih, que é isso, gente. Não estou azarando o cara, não. Estou só... Quem é ele?

— Whittaker? — disse Noelle. — Ele é o... Whittaker. Pertence a uma categoria própria. — Ela olhou ao redor, procurando as outras Meninas do Billings, e sorriu devagar. — Aliás... devíamos apresentar você a ele.

Ela se levantou, agarrou meu pulso e começou a me puxar para o outro lado da clareira, tudo ao mesmo tempo, antes mesmo que eu pudesse emitir uma só palavra de protesto.

— Whit! Ei, Whit! — gritou Noelle, gesticulando com a garrafa. — Esta é a menina de quem te falei. — E usou toda a força que tinha no braço para praticamente me jogar na direção de Whittaker.

Aquela velocidade súbita me pegou de surpresa, e eu cambaleei, apoiando-me em seu peito largo para não cair. Todos os rapazes, é claro, começaram a rir. Whittaker segurou meus cotovelos com delicadeza e me ajudou a me equilibrar.

— Você está bem? — indagou.

Tinha olhos castanhos muito acolhedores.

— Estou — respondi, constrangida.

Espera aí um instante. Noelle tinha dito que eu era a menina sobre a qual ela havia falado? Que diabos tinha contado a ele?

— Sou Walt Whittaker — disse, estendendo a mão. — Mas meus amigos me chamam de Whittaker ou Whit. Você escolhe.

— Reed Brennan — apresentei-me, apertando a mão dele, que era incrivelmente macia e quente.

— Então, Reed, você é nova aqui na Easton, segundo me disseram. Seja bem-vinda.

O timbre da sua voz me provocou um arrepio agradável. Era reconfortante. Familiar, não sabia por quê.

— Você não? — indaguei.

Todos voltaram a rir. Até Whit.

— Não. Não. Minha família já frequenta esta instituição há várias gerações — respondeu. — Acabei de chegar de umas férias que tirei com meus pais. Viajamos pelo Extremo Oriente. China, Cingapura, Hong Kong, Filipinas... Você viaja, Reed?

Não, fora todas as excursões ao Hershey Park, no tempo em que eu ainda usava tênis cor-de-rosa.

— Não muito — respondi.

Ele me fitou durante um bom tempo, como se não entendesse o que eu tinha acabado de dizer. Comecei a sentir calor em razão daquele olhar.

— Uma pena — disse ele, por fim. — Ninguém se conhece de verdade antes de conhecer o mundo, sabe?

Eu estava tentando encontrar uma resposta que não me fizesse parecer ingênua e inexperiente, quando Gage chegou batendo com a mão no ombro de Whittaker.

— Meu irmão! Vem aqui! A gente estava agorinha mesmo falando da Legado. Você precisa nos dizer o que sabe.

Whittaker sorriu, malicioso.

— Ah, a Legado. Está chegando — disse ele.

Que diabo era aquela tal Legado, afinal? Pensei em perguntar, mas parecia uma daquelas coisas que todos já conheciam. Ou seja, se eu perguntasse, só iria deixar claro que não sabia de nada e faria com que se lembrassem de que eu era uma estranha ali. Resolvi ficar calada e torcer para descobrir tudo por meio das conversas.

— Talvez a gente possa conversar depois, que tal? — sugeriu ele.

— Ah, tudo bem — concordei.

Gage puxou Whittaker para um canto para confabular com os rapazes, e Noelle veio para perto de mim.

— E aí? Já jogou um charme para cima do rapaz? — indagou Noelle.

— Você *falou* de mim pra ele? — perguntei.

— Sim. Achei que vocês talvez pudessem se conhecer melhor — disse Noelle, dando de ombros. — O Whit te faria bem. Ele é muito... culto.

Fingi não ter entendido o insulto implícito naquela afirmação.

— Noelle! Sou namorada do Thomas, lembra? — disse. Não me importava mais ela não querer que eu estivesse namorando Thomas; de certo modo, o fato de ele ter desaparecido misteriosamente anulava todas as outras preocupações.

Ela amarrou a cara.

— Ah, sim. E Thomas está... onde mesmo? — perguntou, olhando em volta.

— Eu... eu não sei — respondi, com um nó no estômago. Por cima do ombro dela, vi Ariana, Kiran e Taylor se aproximando, claramente interessadas em nossa conversinha particular.

— Exatamente. Que namorado, hein? Some assim sem nem dizer aonde está indo. Ou nem ao menos confessa que *vai* embora — declarou. Revirou os olhos outra vez e tomou mais um gole de cerveja, dando um tempo para que eu pensasse no assunto. — Olha, o Whit é um cara muito legal, legal mesmo.

— Ao contrário de certas pessoas — disse Kiran, irritada.

Mesmo após o desaparecimento misterioso de Thomas, elas não conseguiam disfarçar o desprezo por ele. Nunca gostaram dele. Nunca iriam gostar.

— Além disso, Whit pode te dar várias coisas — disse Ariana. — Coisas às quais não teria acesso de outra maneira.

Me dar coisas, é? Puxa, agora eu estava curiosa.

Ariana contemplou Whit com seus olhos azuis muito claros e me perguntei se ele tinha notado. Se isso havia lhe causado arrepios como sempre acontecia comigo.

— Como assim? — indaguei.

— Como uma vida de verdade, por exemplo — disse Kiran, prendendo o riso.

— Kiran! — ralhou Ariana.

— Vai, pelo menos conversa com ele — disse Noelle. — Não precisa se casar com o cara.

Respirei fundo e tomei o restinho da minha cerveja, o tempo todo de olho no Whit. Ele parecia uma pessoa legal. Educado e maduro. Além disso, era óbvio que todos os rapazes o adoravam. E sim, talvez ele estivesse um pouco acima do peso, mas quem era eu para julgar?

— Dê a ele uma dose disso aqui — disse Kiran, entregando-me uma garrafinha extra do seu Especial Hayes. — Whittaker adora minhas receitas.

A garrafinha estava supergelada e bem escorregadia. Segurei-a em uma das mãos, com a cerveja na outra. Talvez fosse hora de dar uma chance a um cara aprovado por elas. Afinal de contas, agora eu era uma Menina do Billings também. Já era tempo de começar a me comportar como tal.

ALGO PARA IMPRESSIONAR

— Foi uma coisa que me abriu os olhos, devo admitir, viver entre os nativos do lugar — disse Whittaker, enquanto passeávamos, afastando-nos da clareira. — Eles não têm nada. Nada além de uma tigela de madeira e uma xícara de arroz para comer, mas têm garra, sabe? E como!

— Então dormia na aldeia? — perguntei, com os olhos pregados nos meus pés. Estava na quarta cerveja agora, e tudo começava a ficar meio embaçado. — Que bacana!

Não conseguia me lembrar de quem foi a ideia de sairmos andando por ali sozinhos, para nos conhecermos melhor. Dele? Minha? De Noelle?

— Ah, não! Nós voltávamos para o hotel, é claro — disse Whit. — Você pode imaginar quantas doenças se pode pegar em um lugar desses?

Olhei para ele, esperando que percebesse a contradição.

— Mas achei que tivesse dito que viveu entre eles.

E foi aí que meu pé bateu em uma pedra e escorreguei, torcendo o tornozelo. Tropecei e caí de lado, em cima de Whittaker.

— Ai! Desculpa!

— Está se sentindo bem deveras? — indagou ele, usando os dois braços gorduchos para me equilibrar.

Pigarreei. Ao meu redor as árvores se inclinavam e balançavam.

— Sim. Deveras — respondi, imitando o seu jeito de falar. Onde é que já se viu alguém falar assim?

— Talvez devamos nos sentar — sugeriu ele.

Agora o chão estava se inclinando. Por que é que todos acham beber tão divertido? O que estava acontecendo naquele momento era deveras nauseante.

— É... Talvez devamos.

Whittaker me levou até um tronco grosso que despencara em algum momento do século passado e que agora estava todo coberto de musgo e trepadeiras. Ele me abaixou devagarinho até eu estar totalmente sentada e só então me soltou. Eu me apoiei colocando uma das mãos sobre a madeira fria e áspera para não cair e sacudi os cabelos, jogando-os para trás. Whittaker sorriu quando sentou ao meu lado, contemplando atentamente meu rosto.

— Noelle não mentiu. Você é mesmo belíssima — disse ele. — Tem uma beleza clássica. Como Grace Kelly.

— Quem é essa Grace?

O sorriso de Whittaker se abriu por um instante.

— Ela era atriz. E princesa. Aliás, a história toda dela é deveras inacreditável. Grace era uma menina pobre, que morava numa fazenda, depois ficou famosíssima em Hollywood, casou-se com um príncipe europeu...

— Isso, sim, é que é vida — falei, a vista turva ao erguer a garrafa de cerveja para um brinde.

— E depois morreu em um acidente de carro — completou Whittaker.

— Ah... Nossa! Obrigada por não omitir os detalhes.

Whittaker de repente enrubesceu e desviou o olhar, tomando um gole da sua garrafinha.

— Quer um pouco? — perguntou.

Lá dentro, em algum lugar do meu cérebro, eu sabia que provavelmente não seria boa ideia beber mais, mas também lembrei que Kiran misturava algum tipo de suco naquele seu coquetel especial. E então decidi, em algum outro canto da minha cabeça, que talvez fosse bom consumir suco porque tinha vitaminas, essas coisas.

— Claro — falei. — Por que não?

Pus minha garrafa quase vazia no chão e por pouco não caí. A palma da minha mão encostou no chão e impulsionei meu corpo de volta para cima. Tentei disfarçar, mas não estava conseguindo me equilibrar direito. Quando estendi a mão para pegar a garrafinha, caí entre os braços de Whittaker. Meus olhos se fecharam de vergonha, e o chão girou. Que ótimo! Agora meu cérebro estava totalmente desorientado.

— Desculpe.

— Não foi nada — disse ele. — Deixa eu te ajudar.

Ele passou um dos seus braços musculosos ao meu redor, e instantaneamente me senti mais segura, menos cambaleante. Consegui abrir a garrafa e tomei um gole demorado. Hummmmmm! O Especial Hayes era muito gostoso. E Whittaker era tão quentinho... Fechei os olhos, saboreando o momento, e voltei a beber. O chão girou de novo. Ao sentir aquela tontura, fiz um movimento brusco, e o líquido desceu pelo lugar errado. Todas as minhas vias aéreas se obstruíram, e engasguei, cuspindo álcool para todos os lados.

— Você está bem? — perguntou Whittaker.

— Estou! Estou! — respondi ainda engasgada, curvando-me para a frente. Whittaker tirou um lenço do bolso e o entregou a mim. Levando-o à boca, tossi e depois enxuguei o rosto. O lenço era macio, tinha cheiro de almíscar e as iniciais de Whittaker bordadas. O cara era mesmo um sujeito à moda antiga. Ninguém que eu conhecesse sequer possuía um lenço de pano, mas de alguma forma isso não me surpreendeu.

— Puxa, desculpa — falei, finalmente conseguindo respirar. Tentei devolver o lenço, mas ele fechou a mão sobre a minha, que se fechou sobre o lenço.

— Fique com ele, é seu.

Enrubesci.

— Deve estar achando que sou uma idiota — falei.

— Muito pelo contrário — disse ele, fitando-me nos olhos. — Acho-a extraordinária.

E aí começou a me beijar. Ai, meu Deus, isso não estava certo! Eu não devia estar beijando Walt Whittaker. Devia estar beijando Thomas. Thomas, meu namorado. Thomas, o cara lindíssimo com quem eu tinha perdido minha virgindade. Se ao menos ele estivesse ali... Se ao menos eu soubesse por onde ele andava...

O tempo todo só pensei em Thomas. Thomas. Thomas. Thomas. Os lábios de Thomas, as mãos de Thomas, os dedos de Thomas. A língua de Thomas...

E de repente era como se estivesse beijando-o. Sua boca deliciosa e quente, os braços fortes e musculosos. Mesmo depois de tudo que tínhamos passado recentemente, sentia falta de seu toque. Era a única coisa que nunca deixaria de ser boa.

Já meio delirante, escorreguei as mãos pela parte de trás do pescoço grosso de Whittaker. No segundo em que fiz isso, ele ficou mais confiante. Sua boca se deslocava sobre a minha para a frente e para trás, de um jeito inexperiente, grosseiro, desagradável, tão rápido que ele parecia estar querendo acender algum fogo através da fricção entre nossos lábios.

Ugh! Aquilo não me lembrava Thomas nem um pouco. Agarrei o rosto dele com as mãos para que parasse, mas Whittaker interpretou isso como um sinal de entusiasmo. De repente, sua língua estava em toda parte: nos meus lábios, roçando meus dentes, movendo-se como louca na minha boca.

Coitado do rapaz. Não fazia a menor ideia de como agir. Senti vontade de afastá-lo, mas não queria que se sentisse constrangido. Em vez disso, permiti que continuasse, mas fiquei torcendo para ele melhorar de repente ou perder o fôlego e parar.

Depois ele desviou uma de suas mãos enormes até um dos meus seios e o apertou. Com força. Como se estivesse espremendo uma laranja.

E instantaneamente Thomas voltou. Apareceu bem ali na minha frente. Com aquele sorriso sensual e as carícias suaves, sua pele contra a minha. Que diabos eu estava fazendo? Quem era aquela pessoa que estava me apalpando toda como se eu fosse um manequim de aula de primeiros socorros?

Senti meu estômago revirar. Prendi a respiração. Ai, meu Deus, eu ia vomitar! Ia vomitar bem na boca de Walt Whittaker.

Ergui as mãos depressa e o empurrei para longe de mim. Ele começava a murmurar algo, quando me virei para o outro lado, reclinei o corpo e vomitei sobre a camada de folhas atrás do tronco. Meus olhos doíam, a garganta ardia, o estômago contorcia-se dolorosamente. Whittaker levantou-se e se afastou, ficando de costas para mim. Assim eu teria um pouco de privacidade. Graças a Deus! A última coisa que queria era que o cara que eu tinha acabado de beijar me visse vomitando.

E, então, finalmente terminei.

— Você está bem? — indagou Whittaker.

Era como se aquele fosse o seu refrão naquela noite.

Assenti, devagar, mortificada demais para falar.

— Posso te acompanhar até o Billings? — perguntou.

Concordei outra vez. Whittaker estendeu as mãos para me ajudar a levantar. Passou o braço à minha volta enquanto andávamos até a clareira, e eu me apoiei nele, mole como macarrão que passou do ponto. Todo mundo ficou encarando quando chegamos. Nem conseguia imaginar qual era a minha aparência. Durante um momento fugaz, meu olhar desfocado encontrou Josh. Ele parecia estar de cara amarrada.

— Ih, olha só como os dois estão agarradinhos — disse Noelle, com um sorriso malicioso.

Vi que Josh rapidamente desviou o olhar, bebericando a cerveja.

— Vou levá-la até o alojamento — disse Whittaker, num tom orgulhoso.

— Legal — disse Dash, baixinho.

— Toma conta da nossa menina — disse Noelle, dando tapinhas nas costas de Whittaker.

De algum ponto bem dentro de mim, consegui arrancar um lânguido sorriso. Até mesmo no estado embaraçoso em que me encontrava, senti um calorzinho ao constatar a aprovação de Noelle. E, embora soubesse que isso demonstrava falta de personalidade, eu me senti bem. Porque era sempre bom ter a aprovação de Noelle.

CINDERELA VIVE

A primeira coisa que percebi foi um gosto amargo na minha boca seca. A segunda foi a atordoante dor de cabeça. A terceira foi que eu estava congelando. A quarta foram as batidas.

Batidas. Batidas. Incessantes batidas.

— Acorda, menina! Já passa de seis horas! Você nunca vai chegar a lugar nenhum se continuar assim!

Cada batida reverberava no meu crânio, transformando-se em nova pontada de dor que atravessava minha cabeça.

Fiz força para abrir os olhos, depois pisquei umas duzentas vezes para lubrificá-los, tentando me livrar daquela secura dolorosa que sentia. À minha frente estava a parede creme do meu quarto do alojamento. O colchão estava embaixo de mim. E o resto estava todo errado.

— Isso mesmo, sua dorminhoca. Terminaram as férias! Levanta, vamos!

Era Noelle. Ela estava berrando, e as batidas continuavam. Eu me virei, deitando-me de costas, a dor de cabeça quase me cegava, então olhei para cima. Precisei engolir um súbito refluxo de bile que me subiu à garganta. Não era só Noelle; Kiran, Taylor, Ariana, Natasha e quatro outras Meninas do Billings, cujos nomes eu não conseguia me lembrar naquele estado de dor excruciante, estavam de pé me olhando. Kiran batia num tambor vermelho e preto de metal com o cabo de uma tesoura. Noelle tinha alguma coisa branca e cheia de babados pendurada em um dos braços. Taylor segurava um aspirador de pó portátil e parecia séria, mas decidida, seus olhos fundos e vermelhos da ressaca. Natasha estava com minhas cobertas nas mãos, ao pé da cama, daí os arrepios e tremores.

— Que diabos vocês estão fazendo? — reclamei, fechando os olhos e apertando-os. As batidas, felizmente, pararam. Apertei as mãos contra a testa para evitar que meu cérebro saltasse para fora.

— É hora de trabalhar, novata! — disse Noelle.

Quando franzi a testa, confusa, senti mais uma onda de choque e dor me atravessar as têmporas.

— Quê?

Ela agarrou meus pulsos e me puxou para que eu sentasse. Minha cabeça explodiu e senti uma necessidade incontrolável de vomitar. Enquanto procurava recuperar o fôlego, suando e rezando para não vomitar ali na frente delas, Noelle meteu aquela coisa cheia de babadinhos em mim, passando-a pela minha cabeça e depois amarrando-a às minhas costas. Quando consegui abrir os olhos outra vez, estava com um avental *à la* empregada francesa sobre o pijama. Preso à alça esquerda havia um *botton* vermelho enorme em que se lia: PRECISA DE AJUDA? É SÓ ME CHAMAR! MEU NOME É PEQUENA VOYEUR.

Gemi. Foi só o que tive forças para fazer.

— Não pensou que já tivesse passado por todas as iniciações, pensou? — indagou Kiran. Seus cabelos com reflexos estavam presos no alto da cabeça, e a pele bronzeada brilhava contra a seda branca do roupão como se tivesse sido polida. Aquela garota tinha bebido mais do que qualquer outra pessoa na noite anterior e mesmo assim, naquela manhã, estava tão deslumbrante que podia posar para uma sessão de fotos. — Nã, nã, ni, nã, não! Por que acha que deixamos você vir morar aqui? Agora temos você por perto 24 horas por dia, sete dias por semana! E isso significa que vai fazer o que pedirmos 24 horas por dia, sete dias por semana! É assim que são as coisas por aqui, não é? — perguntou, fingindo seriedade ao desviar o olhar para as amigas.

— Ah, é sim. Acho que é — disse Ariana, com seu leve sotaque sulista atenuando a traição que proferia.

Elas deviam estar brincando. Será que iriam mesmo me tirar da cama no meio da minha primeira ressaca para trabalhar? Depois de tudo que eu tinha feito por elas só para morar ali, ainda exigiriam mais? Tinha pensado que essa fase de ter de provar que eu merecia havia acabado. E que agora era oficialmente uma delas. Mas pelo jeito a tortura estava apenas começando.

De repente senti um vazio por dentro que, além da dor de cabeça excruciante e da náusea que me dava nós no estômago, não foi nada divertido. Mas o que eu iria fazer? Dizer que não? Pois sim. Voltaria para o Bradwell e seria de novo a menina desconhecida do segundo ano, antes que eu pudesse dizer "Vão para o inferno".

— Toma — disse Taylor, empurrando o aspirador para cima de mim. A ressaca havia feito com que ela, em geral jovial e atraente, envelhecesse pelo menos uns dez anos. — Desde que cheguei aqui não tiro o pó de debaixo da minha cama. Está começando a me dar sinusite.

Automaticamente, peguei o aparelho e o segurei contra o peito, petrificada, imaginando o que poderia acontecer se voltasse a me mover. Parecia que minha cabeça estava para se soltar do corpo.

— E, quando tiver terminado de passar o aspirador, pode fazer as camas — disse Noelle. — E passe o aspirador grande nos corredores antes do café da manhã. Ele está no armário do corredor.

Fiquei parada olhando para elas, com as têmporas latejando, torcendo para que rissem e me dissessem que era só uma brincadeira. Elas me retribuíram o olhar com impaciência.

— Vocês estão mesmo falando sério — resmunguei.

Noelle franziu o nariz, agitando a mão diante dele.

— Sugiro que você faça um bochecho com Listerine primeiro — disse ela. — Não quero que empesteie meu quarto com seu mau hálito.

— Pequena Voyeur, é? Ainda? — disse uma das meninas anônimas, inclinando a cabeça. — Não acha que deveríamos mudar o apelido para algo mais apropriado? Como Pequena Arrumadeira?

— Ou Pequena Doméstica? — sugeriu Taylor.

— Ou Pequena Criada? — acrescentou Natasha.

Noelle semicerrou os olhos, refletindo.

— Não, não é a mesma coisa. Continuemos com Pequena Voyeur.

Estremeci quando ela bateu forte em meu ombro.

— Vamos, madames — cantarolou Noelle.

Saíram todas juntas, flanando. Todas menos Natasha, que jogou meus lençóis no chão e pisou neles com os pés descalços ao caminhar até o banheiro. Tentei me levantar, quis mesmo. Mas, sentindo dor de cabeça, enjoo e com a garganta seca, levantar-me não me pareceu fisicamente possível.

— Ah, e se não terminar antes do café da manhã, vai limpar os vasos sanitários com uma escova de dentes — disse Noelle, parando à porta. — A *sua* escova de dentes.

— Já me levantei! — falei, ficando de pé. Imediatamente, o quarto inteiro desmoronou ao meu redor, esmagando o meu crânio. Fechei os olhos, para aguentar a nova onda de náusea.

— Agora, sim — disse Noelle.

E depois fez questão de bater a porta com força.

NOS BASTIDORES

— Gosto que afofem meus travesseiros — pediu Cheyenne Martin enquanto colocava os brincos de brilhante. Tinha escolhido esses de uma coleção de joias belas e cintilantes que guardava em uma caixa forrada de veludo na gaveta da cômoda. Ela virou-se para o espelho e ajeitou os cabelos louros perfeitamente lisos, conferindo sua aparência com um olhar altivo. Desde que eu havia entrado no quarto que ela dividia com Rose Sakowitz e que tinha uma fragrância floral sufocante, ela não parava de me dar ordens, sem me olhar nem sequer uma vez.

— E estique bem os lençóis, viu. Não suporto dormir em lençol amarrotado.

Passei a mão sobre o acolchoado de seda crua, alisando as partes emboladas. Só o que eu queria era me deitar ali. Aquela era a décima quarta cama que eu estava fazendo. A cama de Rose seria a décima quinta, e a minha, a décima sexta. E depois ainda precisava passar o aspirador grande. Infelizmente, tinha a sensação de que nunca conseguiria chegar à minha cama, pois passar aspirador iria me causar um aneurisma fatal.

— Ouviu bem o que eu disse, Voyeur? — indagou ela, dignando-se a me olhar de soslaio.

— Ouvi — respondi, com a voz rouca. — Afofar os travesseiros, esticar bem os lençóis.

Ela virou-se para mim e respirou fundo. Como alguém podia respirar fundo no ar perfumado daquele quarto eu não fazia ideia.

— Exato. Eu disse às meninas que você se sairia bem — declarou, puxando os punhos da blusa Ralph Lauren bem passada. — Tem mesmo um arzinho de proletária.

Parei de repente, agarrada a um dos travesseiros. Fiquei tão surpresa que nem mesmo consegui formular um pensamento coerente. Só consegui pensar em matar... matar... matar!

— Cheyenne! — ralhou Rose, erguendo a bolsa grande de couro da cadeira da escrivaninha. Rose era baixinha e muito magra, com cabelos ruivos cortados na altura do queixo e um bronzeado alaranjado que já começava a desbotar. Eu não entendia como ela aguentava aquela bolsa enorme. — Não ligue para o que ela diz.

Me esforcei para dar um sorriso para Rose, depois derreti a quarta camada de base Estée Lauder de Cheyenne com o olhar.

— Que foi? Eu estava só elogiando a menina! — protestou Cheyenne. — Você entendeu, não foi, Voyeur?

— Claro — respondi, com um sorriso forçado. — Prefiro ser proletária do que uma riquinha mimada e metida a besta — murmurei baixinho.

O rosto de Cheyenne crispou-se, mas ela se recuperou depressa.

— Ah, botando as manguinhas de fora, é? — disse ela, sem deixar transparecer que havia se ofendido. — O que precisamos fazer para que você entenda qual é o seu lugar?

Pegou um pote grande cheio de pequenas esferas cor-de-rosa (era um blush) e virou-o sobre o tapete florido no meio do piso de madeira.

— Ih! Aiiii!

— Cheyenne! — gritou Rose.

Ela reagiu erguendo o salto do sapato e esmagando as bolinhas no tapete espesso. Senti vontade de agarrar aqueles cabelos perfeitos e esmagar a cara dela no tapete também. Mas claro que não fiz isso.

— Pode limpar tudo quando terminar, Pequena Voyeur — disse Cheyenne. — A menos que queira que eu conte a Noelle como você é espirituosa.

Depois virou-se e saiu. Já ao lado da porta, Rose suspirou, hesitante.

— Não se preocupe com isso agora. Pode limpar hoje à noite — disse ela. — E não leve muito tempo fazendo minha cama, só jogue a colcha em cima de tudo, caso Noelle venha inspecionar seu trabalho.

— Ela inspeciona, é? — indaguei.

Rose olhou para mim, com pena. Eu era tão ingênua que ela nem conseguiu encontrar palavras para responder.

— Boa sorte.

Ela fechou a porta silenciosamente, e ouvi seus passos enquanto se distanciava pelo corredor. O alojamento estava tão silencioso quanto a noite agora. Olhei o relógio de relance. Meia hora para passar o aspirador, tomar banho, colocar minha roupa e tomar o café da manhã. Não que eu fizesse questão do café da manhã, mas precisava aparecer por lá, senão Noelle me obrigaria a limpar os vasos à noite. Eu precisaria pular alguma coisa para terminar a tempo. Provavelmente o banho.

Com um suspiro, passei para a cama de Rose. Ela tinha me tratado bem, portanto, eu faria mais do que simplesmente colocar a colcha. Estiquei os lençóis e o cobertor e depois ajeitei os travesseiros. Havia alguma coisa presa entre o canto da cama e a parede. Ajoelhando-me no meio do colchão, dei uma olhada mais de perto. Fosse o que fosse, estava meio amassado e verde, e...

— Ai, meu Deus!

Levei a mão até a boca. Era um pedaço de bolo. Um bolo de milho velho todo mofado, que Rose tinha deixado ali depois de um lanchinho noturno. Uma noite no início de setembro, pelo que parecia. Aparentemente, até mesmo os que pertenciam à nata da sociedade podiam ser relaxados. Virando-me, fui cambaleando até o banheiro delas e meus joelhos bateram com força no linóleo do piso, enquanto meu tronco se inclinava para a frente.

Nada como ânsias de vômito abraçada ao vaso sanitário para começar bem o dia.

"CRUDE"

Quando cheguei ao refeitório banhado de sol, as meninas que ousavam arriscar as medidas perfeitas estavam prontas para repetir o prato, e era meu trabalho ir buscar o que queriam. Embora a última coisa que eu quisesse fazer fosse olhar para comida, fui obrigada a encher duas bandejas com montanhas de torradas, donuts, frutas e bebidas.

— Ovos? — perguntou o homem atrás do balcão, erguendo uma colherada de gosma amarela mexida.

Estremeci.

— Não, obrigada.

Peguei um *bagel* para comer e o acrescentei à montanha cada vez maior de comida, na esperança de ser capaz de engolir pelo menos umas migalhas. Bem à frente, uma dupla de rapazes do primeiro ano estava batendo papo com uma caloura bonitinha de cabelos pretos e cacheados. Ela soltou umas risadinhas encabuladas, ajeitando os cabelos, e eu a fitei com desprezo. Puxa, quem me dera estar assim tão tranquila e bem disposta. E limpa.

— Ouvi dizer que no ano passado todas as calouras que foram voltaram tatuadas — disse um dos garotos. — As virgens com um V e as não virgens com uma marca de beijo. Bem na bochecha esquerda — completou, dando uma olhada no traseiro da mocinha, que usava uma minissaia pregueada.

— Pensei que ninguém voltasse virgem da Legado — disse ela, mergulhando a colher no iogurte e depois lambendo-a, provocante, enquanto a fila avançava.

Imediatamente, fiquei de orelha em pé. A Legado. Dash e os rapazes não tinham falado sobre isso na noite passada? Minha lembrança da noite anterior era vaga, mas me recordava de terem dito que Thomas nunca perderia a Legado. Que ele apareceria lá de qualquer jeito. Como é que aqueles garotos sabiam do que se tratava?

— Não que você tenha de se preocupar com isso, certo, Gwen — observou o outro menino, quase mordiscando os lábios.

— Talvez, sim — disse ela, erguendo a bandeja e virando-se para eles. — Talvez, não.

E saiu rebolando, deixando os dois com água na boca.

— Aí, cara, eu vou pegar essa gatinha na Legado. Espera só pra ver — disse um deles.

— Essa é minha — disse o outro, de cara amarrada.

— Ah, é?! Até parece! Você nem vai estar lá, vai, Mills? — provocou o primeiro. — Coitadinho do novato! Talvez seus netos possam ir um dia.

E depois dessa ele riu e saiu todo confiante em direção à sua mesa.

Então a Legado era uma festa exclusiva. À qual Gwen e o Garoto-Objeto número 1 podiam ir e o Garoto-Objeto número 2 não podia. Eu precisava arquivar essa informação para usar mais tarde e tentar entendê-la quando minha cabeça estivesse funcionando direito de novo.

Respirei fundo e identifiquei cheiro de tinta fresca atrás de mim um pouco antes de sentir o calor de um corpo se aproximando. Virei-me e vi Josh Hollis; com os olhos brilhantes ele sorria em minha direção. Na mesma hora, os músculos do meu ombro contraíram-se, tensos. Eu não podia olhar para Josh sem me lembrar de Thomas ou me perguntar se Josh tinha tido notícias dele.

— Ih, você está que é "crude" puro! — disse Josh.

— Crude?

— Invento palavras quando as que existem não conseguem descrever apropriadamente o que quero dizer — explicou Josh. — Daí o crude.

— Estou me sentindo honrada por ter inspirado uma palavra nova — menti. Mas não podia culpá-lo. Meu cabelo estava preso em um rabo de cavalo sujo e oleoso e minha pele devia ter uma bela coloração esverdeada.

— Você está se sentindo bem? — perguntou Josh, quando a fila avançou. — Fiquei meio preocupado com você ontem à noite.

A lembrança longínqua de Josh, com o rosto impassível como pedra, chegou flutuando até minha cabeça. Mais uma coisa que eu esquecera até aquele momento. Pensando bem, entretanto, por que Josh iria se preocupar comigo se nós mal nos conhecíamos? E de repente fiquei toda esperançosa.

— Thomas pediu a você para tomar conta de mim ou alguma coisa assim? — indaguei.

Josh piscou.

— Não. Aliás, Thomas não me disse nada antes de ir embora.

— Ah! Então você não faz mesmo a mínima ideia de onde ele está? — perguntei.

— Não. E você?

— Não.

Avancei um passo, o coração batendo dolorosamente.

— Típico do Thomas — disse Josh, baixinho.

— O quê? — indaguei.

— Nada. É só que... pelo menos ele podia ter contado a *você* para onde ia — respondeu, com grande ênfase no *você*. Então ele sabia o que eu e Thomas tínhamos feito. Ou pelo menos desconfiava. Ou talvez não. Talvez ele só soubesse que eu era importante para Thomas. Pelo menos pensava que era.

Como é que nosso namoro conseguia ser ainda mais confuso sem ele por perto do que quando estava aqui?

— Mas eu devia saber — continuou Josh. — Ele nunca foi de pensar nos outros.

Engoli em seco. Aquela manhã já tinha sido demais para mim. Não dava para aturar alguém criticando meu namorado agora.

— Podemos mudar de assunto? — pedi.

— Ah, sim. Desculpe. — disse ele, com um sorriso. — Tenho certeza de que ele vai te ligar qualquer dia desses.

Sentindo-me confiante e animada, olhei em volta, procurando outro tema para a conversa.

— E então, para que tudo isso? — perguntei, indicando sua bandeja. Estava ainda mais cheia que as outras duas que eu levava. — Está se preparando para o inverno?

— Não, é que alguns dos rapazes ainda estavam com fome, então... — E deu de ombros.

— Não entendo.

— Não entende o quê? — indagou ele, colocando um *muffin* com pedacinhos de chocolate na bandeja.

— Por que vive trabalhando para eles? — perguntei. — Você não precisa.

Assim como certas pessoas.

— Tenho quatro irmãos e irmãs mais novos e só um mais velho, que era alérgico a ajudar os outros — respondeu ele, metendo a mão no bolso de trás do seu jeans folgado e manchado de tinta enquanto empurrava a bandeja para a frente no suporte com a outra. — Acho que tenho mania de fazer tudo para os outros.

Peguei uma tigela de cereal.

— Ah, bom.

— Por que é que *você* faz isso? — perguntou ele.

— Ah, porque elas me obrigam — respondi, automaticamente.

Josh me olhou, desconfiado.

— Hã?

Pisquei. Então ele não sabia? Não sabia que eu era "empregada" do Alojamento Billings? Pensei que todos estavam a par daquele trote. Pelo menos sabia que tinham notado o que eu havia feito antes de me mudar para lá. Dash, especificamente, tinha deixado bem claro que adorava me ver sofrer. Como Josh não sabia?

— Espera aí. O que é que estão te obrigando a fazer? — perguntou ele.

Alerta vermelho. Luzes piscando. Fita de isolamento. Se ele não sabia, talvez fosse porque não devia saber.

Merda!

— Ah, nada, não — respondi, dando de ombros. Senti minhas têmporas latejarem.

— Reed...

— *Josh*! — devolvi.

De repente, vi em seus olhos o brilho de quem havia compreendido.

— Não pode me contar. — E ele sorriu, malicioso, tentando fazer piada. — Ou até poderia, mas teria de me matar depois.

Ergui as bandejas do suporte meio sem jeito e as equilibrei nas palmas das mãos.

— Deixe isso para lá — pedi. — Numa boa.

— Se te fizerem sofrer muito, você pode cuspir no café delas — recomendou.

Olhei para as canecas fumegantes em uma das bandejas. Seria mesmo maravilhoso.

— Ah, não — respondi.

— Então... tome cuidado, hein — aconselhou ele. — Quero dizer, não deixe que te obriguem a fazer nada, assim, sabe...

Maluco? Perigoso? Estúpido? Feito, feito e feito.

— Pode deixar — falei. E parei, quando uma das canecas balançou.

— Deixa eu te ajudar — ofereceu-se Josh, pegando a bandeja mais pesada.

— Obrigada, mas eu...

Olhei de relance para a nossa mesa e, de repente, tudo desmoronou dentro de mim. Walt Wittaker, enorme como uma montanha em um dia claro, estava sentado à cabeceira. Lembranças me atingiram feito tiros de metralhadora, perfurando meu crânio.

Minhas mãos no seu peito. Os olhos castanhos acolhedores. Um lenço. Braços grossos. Lábios agressivos. Língua, língua e mais língua. E... ai! Um apertão no peito.

Droga, será que eu tinha deixado aquele cara me apalpar?

— Ei! Cuidado! — avisou Josh.

Ele agarrou a bandeja segundos antes de ela desabar. Um dos donuts escorregou e caiu no chão, com a cobertura de açúcar virada para baixo.

— Eu tenho de ir — disse a ele. Depois deixei a segunda bandeja na mesa mais próxima e saí correndo dali com mais uma ânsia de vômito.

O DIA DO JUÍZO

Cheguei para os serviços matinais poucos segundos antes de as portas se fecharem. Em toda a capela, as pessoas estavam conversando intensamente aos cochichos, e ouvi o nome de Thomas mais de uma vez. Dezenas de olhares me seguiram enquanto eu percorria o corredor, e os cochichos se intensificaram depois que passei. Pelo jeito o desaparecimento de Thomas tinha se tornado o assunto do dia, e, como ele não estava presente, eu tinha sido eleita para ficar na berlinda. A namorada. A abandonada. Aquela em que todos deviam ficar de olho.

De repente fiquei feliz por ter perdido o café da manhã em razão da minha ânsia de vômito. Se tivesse ficado no refeitório, teria sido cercada. Pelo menos ali na capela ninguém podia falar comigo. E então eu teria um tempinho para me recuperar.

De cabeça baixa, sentei-me em um espacinho na ponta de um dos bancos do segundo ano, ao lado da pessoa de quem eu menos gostava na Easton, Missy Thurber. Depois de passar o desjejum sentada na enfermaria bebendo suco de maçã, estava me sentindo um pouco melhor. Então Missy começou a farejar o ar com força por aquelas narinas largas como túneis. Em seguida chegou perto de mim, farejou de novo e gemeu.

— Ugh! Onde foi que dormiu a noite passada? — perguntou, tapando as narinas com os dedos. — No caminhão de lixo?

Fiquei vermelha como um tomate quando ela se levantou, passou para o outro lado da minha ex-colega de quarto, Constance Talbot, e obrigou-a a deslizar na minha direção.

— Oi — sussurrou Constance, meio sem graça. Eu não a tinha visto muito desde que abandonara nosso quarto, trocando-o pelo do Billings dois dias antes. Ela havia penteado os cabelos longos, ruivos e encaracolados, formando duas tranças. Já aparentava ser mais jovem do que era com aquelas sardas e o rosto redondo. Agora parecia uma menininha de doze anos.

— Como tem passado? — indagou.

— Bem — respondi.

Tirando o fato de que meu namorado havia sumido, eu tinha beijado um estranho durante um porre, estava com uma ressaca do tamanho da antiga Iugoslávia e a ponto de morrer de fome.

— Todos estão falando de Thomas, você teve notícia dele? — perguntou. Parecia ao mesmo tempo estar preocupada comigo e querendo descobrir algum fato inédito.

— Não. E você, como está? — devolvi, tentando mudar de assunto.

— Fiquei com o quarto só para mim — anunciou ela, com um sorriso tristonho. Constance era um ser social, não o tipo de pessoa que gosta de ter um quarto só para si, e nós duas sabíamos disso. Quis dizer alguma coisa para ela se sentir melhor depois de tê-la abandonado, mas não consegui pensar em nada. Eu não ia voltar mesmo. Por mais tarefas que as Meninas do Billings me obrigassem a fazer, morar no alojamento mais exclusivo do campus ainda era muito melhor do que no Bradwell. Todas as meninas que haviam morado no Billings tinham vidas perfeitas: eram populares, bem-sucedidas, alunas nota dez, que estavam muito bem de vida. E eu seria assim agora. Isso se elas não me fizessem trabalhar até a morte antes.

— Você está bem? — indagou Constance, olhando-me com atenção.

— Estou bem. Só um pouco cansada.

Ao microfone, o diretor Marcus pigarreou, me salvando de ter de responder a mais perguntas.

— Bom-dia, alunos — disse, agarrando os dois lados do púlpito com os dedos nodosos. — Esta manhã vou deixar de lado os rodeios porque tenho um assunto sério a tratar. Sem dúvida todos já sabem que um dos nossos alunos, Thomas Pearson, desapareceu do campus.

Meu estômago vazio torceu-se e contraiu-se. Um burburinho se elevou até as vigas de sustentação do telhado da capela quando o boato foi finalmente confirmado por uma autoridade.

— Puxa, pensei que esperariam os pais irem embora antes de darem essa notícia — disse alguém atrás de mim.

— Silêncio, por favor! — pediu o diretor Marcus, erguendo uma das mãos.

E todos ficaram em silêncio na mesma hora.

— Esse assunto deve ser levado muito a sério — continuou. — Como ninguém nos deu até agora nenhuma informação quanto ao paradeiro do Sr. Pearson, pedi ao chefe de polícia de Easton, Sheridan, para falar com vocês. Queiram por favor prestar a máxima atenção ao que ele vai dizer.

E virou-se para um senhor de cabelos grisalhos em um terno azul impecável, sentado atrás dele.

— Chefe Sheridan, por favor.

Os bancos rangeram na capela inteira, quando todos se esticaram para ver melhor o chefe de polícia. Ele era mais alto que o diretor Marcus, como foi possível notar quando se aproximou do microfone, e tinha os ombros tão quadrados quanto os maxilares. Quando ele engoliu a saliva, vi o seu enorme pomo de adão subir e descer, mesmo a várias fileiras de distância.

— Obrigado, diretor Marcus — disse o chefe, com seu timbre de voz grave. Olhou para nós com os olhos azul-metálicos, e percebi que não era agradável para ele ter de falar conosco. Perguntei-me se ele estaria chateado pelo fato de a escola ficar dentro de sua jurisdição, se o desaparecimento de Thomas era uma dor de cabeça com a qual ele preferia não ter que lidar. Ou se tudo aquilo não seria, até certo ponto, empolgante para ele. Meu palpite é que nunca acontecia muita coisa naquela cidadezinha monótona, repleta de gente rica. Talvez ele estivesse ansioso por resolver um caso de verdade, afinal.

— Sinto muito ter de vir aqui sob circunstâncias tão graves — começou o chefe. — Como esta é uma escola grande, tenho certeza de que alguns de vocês conhecem Thomas Pearson, e outros não.

Senti a mão quente de alguém cobrir a minha. Olhei para baixo e vi os dedos de Constance apertando os meus de maneira reconfortante. Meu primeiro instinto foi recolher a mão, mas não fiz isso. Ela estava tentando ser uma boa amiga. E eu precisava de toda amizade que fosse capaz de conseguir ultimamente.

— Mas esta semana vamos entrevistar *todos* vocês — informou o chefe.

Ouviu-se mais uma onda de cochichos após esse anúncio. O clima na sala era quase empolgado. Qual era o problema daquela gente? Será que não entendiam as implicações daquilo? A polícia achava que havia acontecido alguma coisa ruim com Thomas. Achava que um de nós tinha algo a ver com isso. Como essa situação podia empolgar alguém?

— Por favor, quando nós os chamarmos e estiverem em aula, não fiquem nervosos — continuou o chefe. — Entendam que não estamos tratando nenhum de vocês como suspeito. Neste momento, só queremos encontrar seu colega e devolvê-lo em segurança aos pais.

Para eles poderem intimidá-lo e mandá-lo direto para o colégio militar.

— Não estamos aqui para julgar ninguém — acrescentou. — Mas ficaremos gratos por qualquer informação que possa nos ajudar a esclarecer a situação.

Seus olhos fixaram-se em mim quando disse isso, e afundei um pouco mais no banco. *Por que ele estava olhando para mim? Por quê?*

Não fique nervosa. Ele estava só olhando para este lado. Relaxe.

— Agradeço desde já a sua colaboração.

O chefe afastou-se do púlpito e se inclinou para cochichar alguma coisa ao diretor. Era dessa pausa que os estudantes precisavam para começar um pandemônio geral.

— Acham que ele tomou chá de sumiço?

— Talvez tenha sido sequestrado.

— Aposto que aquele maluco do Marco sabe onde ele está. Acha que a polícia já falou com ele?

— Por que falariam? Ninguém da administração sabe onde ele conseguiu a droga. São muito tapados.

Marco? Quem era esse tal de Marco, meu Deus?

Eu me contorci, tentando ignorar as vozes à minha volta. Tentei fingir que não sabia das implicações do que estavam dizendo... e que aquelas garotas podiam saber mais sobre Thomas do que eu.

— Pelo amor de Deus! Aposto que o cara simplesmente recebeu pó de má qualidade e agora está caído numa poça do próprio vômito em algum lugar.

Agora também já era demais. De repente todos os pensamentos mórbidos que eu estava tentando evitar durante os últimos dois dias atingiram meu crânio já fragilizado com a força de um trem de carga. Naquele momento, qualquer esperança que eu tinha de que Thomas estivesse bem sumiu por completo. Meu coração pesou no peito e, apavorada, inclinei-me para apertar a testa contra o encosto frio do banco à minha frente. O gosto amargo na minha boca se intensificou.

Respire. Respire fundo.

Eu podia perceber todos olhando para mim. Sentia a intensidade dos olhares curiosos e intrigados.

— Reed, você está bem? Quer que te leve para a enfermaria? — indagou Constance, colocando a mão nas minhas costas.

— Leva ela para o chuveiro antes — sugeriu Missy, prestativa.

Respire. Respire. Respire.

Sequestrado. Má qualidade. Vômito.

Onde é que Thomas estava? Onde diabos ele tinha se metido?

A NAMORADA

Depois dos serviços matinais, os cochichos me seguiram por todo o caminho pelo corredor. Cruzei os braços sobre a barriga e apertei-a, tentando conter o nervosismo e o medo e a sensação de que todos estavam me observando. Thomas havia desaparecido. Thomas havia desaparecido, e a polícia olhava para nós como se fôssemos suspeitos. E como se isso não bastasse, agora a escola inteira estava me observando também.

Por que ele não podia simplesmente voltar? Se Thomas aparecesse por cinco segundos no campus, tudo aquilo acabaria. Eu só queria que tudo acabasse.

Ariana e Taylor afastaram-se do arco da entrada quando me aproximei, e fiquei aliviada por ver rostos familiares, mesmo sendo os rostos das mesmas meninas que tinham me arrancado da cama e me vestido um avental naquela manhã. Minhas mãos, que seguravam firme meus cotovelos, até relaxaram um pouco.

Mas então Taylor murmurou alguma coisa para Ariana, rapidamente, lançou-me um olhar nervoso, abaixou a cabeça, e começou a atravessar o pátio depressa. Fiquei me perguntando se estaria se sentindo culpada pelo que ela e as amigas tinham feito comigo de manhã cedo. Ela, afinal, sempre havia demonstrado um pouco mais de consciência do que o restante das Meninas do Billings.

— Mas ouvi dizer que eles romperam...

— Eu sei, mas eles voltaram *no dia* em que ele desapareceu...

Eram duas garotas do segundo ano que reconheci porque tinham aula comigo. Lancei-lhes um olhar furioso e elas ficaram vermelhas e se afastaram depressa. Ariana veio ao meu encontro, alcançando-me, e fiquei aliviada por ela estar ali. Minha proteção contra fofocas.

— Tudo bem? — indagou ela.

— Claro! — respondi, fingindo não estar chateada. Algo me dizia que Ariana apreciaria essa demonstração de força. — O que houve com Taylor?

— Ah, ela ainda não está se sentindo muito bem — disse Ariana.

— Ressaca? — cochichei.

— Entre outras coisas — suspirou Ariana. — Taylor sempre fica doente durante o inverno, melhorando e piorando até a primavera voltar. Passa metade do tempo estudando na enfermaria. É melhor ir se acostumando. — E olhou para Taylor, que se afastava. — Garota fraquinha, essa — disse ela, quase melancolicamente. — É uma pena.

— Ah! — Fiquei de olhos pregados no chão. Estar doente, presa na enfermaria, parecia uma boa opção para mim no momento. *Talvez eu devesse pedir a Taylor para soprar no meu rosto e me passar uns micróbios,* pensei.

— Você está se sentindo bem? — perguntou Ariana.

— Acho que sim — respondi.

Muito embora não estivesse. Muito embora meu corpo, meu coração e minha alma ardessem por vingança. Muito embora sentisse como se pudesse me despedaçar de frustração e confusão. Por que Thomas não me ligava? Ou ligava para Josh? Ou para qualquer um? *Por que estava fazendo isso conosco?*

Seria por que os cochichos estavam certos? Será que tinha mesmo acontecido algo horrível com ele? Um arrepio percorreu minha espinha, e me contorci, movendo os ombros, na tentativa de me livrar daquele pensamento. Ariana estava observando todos os meus movimentos, como se cada um deles guardasse a chave da minha alma.

— E aí, o que vai contar a eles? — indagou Ariana, os olhos azuis penetrantes cheios de uma preocupação genuína.

— A quem?

— À polícia. — respondeu Ariana, baixinho.

Pensei um momento.

— O que você quer dizer?

Ariana virou-se e chegou tão perto que eu poderia ter contado todos os poros do seu nariz, se ela tivesse algum. Sua pele era tão perfeita quanto porcelana.

Porcelana. Vasos sanitários. Bile. Ai!

— Quero dizer, você é namorada do Thomas. Eles com certeza vão lhe fazer várias perguntas — disse Ariana. — É melhor pensar no que vai dizer primeiro.

Minha garganta ficou seca. Por um momento, senti como se estivesse completamente fora do meu corpo. Ela não podia estar querendo dizer o que eu pensava que estava. Uma brisa fria ergueu seus cabelos louro-platinados e fez a echarpe dela dançar. Logo atrás dela um cara gritou com outro. Ariana não se moveu, não estremeceu, nem piscou.

— Ariana... eu não sei onde o Thomas está — falei, afinal.

Ariana ficou me encarando, procurando alguma coisa. Procurando com tanta atenção que comecei a sentir uma onda de calor por todo o meu corpo. Com tanta atenção que comecei a me perguntar se eu não *teria* mesmo algo a esconder.

No momento em que pensei isso, Ariana sorriu.

— Tá — respondeu, depois de algum tempo.

— O quê?

— Nada. Mas se quiser conversar antes de ser interrogada, é só falar comigo.

— Obrigada — respondi.

Ariana afastou-se devagar.

— É melhor ir para minha aula.

Ela ergueu um ombro e me lançou um olhar rápido e significativo antes de virar-se e sair andando despreocupadamente. Eu estava só de novo. Não pude deixar de notar os olhares. Sempre que meus olhos caíam em outra pessoa, ela tratava de virar para outro lado. Sempre que eu chegava perto de alguém, a pessoa parava de falar. Será que dali por diante minha vida seria assim? Todos falando de mim o tempo todo e observando cada gesto meu? Eu já sabia, desde o momento em que havia chegado a Easton, que não queria desaparecer no meio da multidão, mas também nunca quis me destacar dessa forma.

Conferi o relógio enquanto atravessava o pátio. Dez minutos para a aula começar. Precisava de um ombro amigo. Alguém que pudesse me acalmar e me lembrar por que eu estava ali. Sentei-me no banco mais próximo, tirei o celular da bolsa e liguei para o meu irmão, que estava a quilômetros de distância, na Universidade da Pensilvânia. Ele atendeu no quinto toque.

— Alô?

— Scott? É a Reed. Eu te acordei?

— Não! Não! Minha próxima aula é daqui a três horas, mas eu já estou bem acordado — disse ele.

Dei um sorriso. Um grupo de meninas estava me observando a alguns metros de distância, e eu olhei feio para elas até ficarem com vergonha e virarem para outro lado.

— Como é que vai tudo por aí? — perguntei.

— Bem. E aí como vai tudo na Academia Eca? — devolveu ele.

— Rá, rá, ainda bem que sou a mais inteligente da família!

— Pelo menos eu herdei a beleza deslumbrante — respondeu ele. — Qual é o problema?

— Tem de haver um problema?

— Na nossa família, sim — disse ele.

Soltei um suspiro.

— Aqui está tudo meio esquisito — expliquei. — Um cara desapareceu, e os tiras estão em todos os cantos da escola. Vão interrogar todo mundo.

— Desapareceu? Foi sequestrado ou algo assim? — perguntou Scott.

— Não sei — respondi, engolindo em seco.

— Conhece esse cara? — continuou ele.

— Pode-se dizer que sim — falei. *No sentido bíblico.* — É um amigo.

— Cara, que chato! Mas tenho certeza de que ele vai aparecer — falou. — Aposto que as pessoas somem o tempo todo daí, depois aparecem em cruzeiros destinados a lugares exóticos ou algo parecido.

Eu ri.

— E não é isso que os ricos fazem? Eu me lembro de a Felicia contar que um cara convidou todos os formandos para irem para o seu palácio nas ilhas Turks e Caicos, ou coisa parecida.

Felicia. Isso. A ex-namorada mais velha e mais legal do meu irmão. Como eu podia ter me esquecido que o Scott conhecia alguém que havia estudado lá? Ela era o motivo pelo qual eu tinha querido ir para Easton, afinal. Ela havia estudado os dois últimos anos do ensino médio ali na Easton antes de se formar e ir para Dartmouth. O que, naturalmente, significava que ela sabia tudo sobre aquele lugar.

— E por falar na Felicia — disse, me acomodando melhor no banco —, ela alguma vez falou com você sobre a Legado?

— A Legado? Não. Não parece familiar. O que é?

— Uma festa, acho. Sei lá. Mas todos estão falando sobre isso.

— Então por que não pergunta a alguém o que é? — indagou Scott.

— Não quero parecer uma idiota — confessei. Era um alívio poder dizer isso. Um alívio falar com alguém com quem eu podia ser franca.

— Tarde demais — brincou ele.

— Engraçadinho — respondi.

— Ah, você não tem jeito. Olha, é melhor eu desligar agora, estou incomodando o Todd — disse ele. Imaginei o colega do meu irmão gemendo e puxando um travesseiro para cobrir a cabeça. — Mas, escuta, você devia ligar para o papai mais tarde.

Imediatamente senti uma pontada de culpa no coração. Fazia dias que não telefonava para o meu pai.

— Por quê? Para ele me fazer sentir culpada sem nem mesmo se esforçar?

— Quer saber? Andei fazendo umas aulas de psicologia. Pelo jeito todo mundo se sente culpado durante a vida inteira. Então é melhor ir se acostumando com isso.

Suspirei.

— Então tá. Eu ligo para ele.

— Ele está com saudades de você. E mamãe também, mesmo daquele jeito doentio e maluco dela — disse Scott.

De repente senti uma vontade louca de desligar o telefone. Mas ele já tinha cumprido o seu dever. Tinha me lembrado, com todos os detalhes, por que eu estava ali, de quem estava fugindo.

— Tanto faz. Vai dormir de novo — disse a ele, me levantando. — A gente se fala depois.

— Até mais — despediu-se ele.

E desligou.

Suspirei e virei-me para ir à aula, ignorando os comentários à minha volta. Melhor me acostumar com aquilo também. Melhor me acostumar com um monte de coisas.

MENINAS MALVADAS

— E aí, o que vai usar na Legado deste ano?

Fiz uma pausa na saída da livraria do campus, agarrando uma caixa de canetas que tinha acabado de comprar. Parecia que, quando o campus não estava falando de mim, a Legado era o assunto favorito. Talvez não fosse tão difícil assim descobrir o que era.

— Não sei. Estava pensando em ir com meu Chanel preto.

Sentadas em um banco a apenas alguns metros de distância estavam duas meninas do Alojamento Bradwell, magrinhas, de cabelos brilhosos e sempre grudadas aos seus celulares. Enquanto falavam, uma delas estava com o celular colado à orelha, mas afastado da boca, enquanto a outra escrevia uma mensagem de texto no seu próprio aparelhinho fino. Eu me abaixei e fingi que estava amarrando o sapato.

— Não foi esse vestido que usou no casamento da sua mãe no ano passado? — indagou a menina mais loura para a menos loura.

— Usei. E daí?

— E daí? Tiraram sua foto — disse a mais loura. — Não pode usar na Legado um vestido com o qual foi fotografada antes. Simplesmente não se faz isso.

A menos loura concordou, pensativa.

— Tem razão. Que idiota!

Os olhos acinzentados da mais loura voltaram-se para mim.

— Com licença, perdeu alguma coisa?

— Desculpe — respondi, ficando de pé. — O que exatamente é essa Legado?

As duas trocaram um olhar incrédulo.

— Não é um lugar aonde você possa ir — disse a menos loura, enquanto digitava um número no telefone. — Mesmo que seja do Billings.

— Dana! Não seja tão malvada! — disse a mais loura, empurrando o braço da menos loura.

Meu rosto enrubesceu.

— O que você está querendo dizer?

— Quero dizer — disse a menos loura — que não deve agir como se fosse melhor do que o restante de nós só porque está no Billings. Nós todas sabemos de onde você veio, bolsista.

— Não se preocupe, talvez alguém fique com pena e leve você na Legado. Sabe, porque seu namorado sumiu, essa coisa toda.

Engoli em seco o nó enorme que se formou na minha garganta. Será que seria errado bater naquelas meninas? Eu nunca tinha brigado com ninguém antes, mas com todas aquelas emoções eu já estava me sentindo meio psicótica e achava que elas haviam escolhido a hora errada para me provocar.

Um pensamento incoerente de pular em cima da menos loura até passou pela minha cabeça. Pude até ouvir seu grito histérico de surpresa, ver o celular dela sair voando pelo ar e se despedaçar no caminho de pedra. Não foi uma visão de todo ruim.

Fiquei de pé, com a coluna bem reta, sem saber exatamente o que ia fazer. As duas continuavam me olhando. Eu seria capaz de afirmar que a mais loura estava para dizer alguma coisa ainda mais irritante, mas aí ambas empalideceram. Será que tinham nascido chifres na minha testa de repente ou coisa assim?

— Preciso ir embora — disse a mais loura.

Foi só quando as duas se levantaram e saíram correndo que percebi alguém atrás de mim. Não me surpreendi, não sei por quê, ao me virar e ver Noelle chegando.

— Ah, será que assustei suas amiguinhas? — indagou ela, arqueando uma sobrancelha.

— Pelo jeito, sim — falei. — Obrigada por isso.

— Foi um prazer — respondeu ela. — Essas meninas precisam aprender qual é o seu lugar.

— Como assim? — perguntei, meu coração ainda acelerado.

— Como assim que elas não têm direito de te torturar, Voyeur — disse ela, passando o braço ao redor dos meus ombros. — Esse é um privilégio só meu.

Até consegui dar uma risada.

— E aí? Como é que está indo? — indagou Noelle. — Já deve estar de saco cheio de toda essa história do Pearson, né?

Meu coração deu uma cambalhota, como ocorria toda vez que alguém mencionava o nome de Thomas.

— Não está nem um pouco preocupada com ele?

Noelle afastou-se e me encarou. Como sempre, era quase impossível tentar ler seus pensamentos.

— Reed, Thomas Pearson sempre dá um jeito de se sair bem de tudo.

— Se acha mesmo isso...

— Não fique escutando o que todos os idiotas que não têm o que fazer por aqui estão dizendo — alertou ela, resoluta. — Olhe só o Dash e o Gage. Já conhecem o Thomas há anos e não estão preocupados. Por quê? Por que o conhecem. E sabem que ele está por aí em algum lugar, se divertindo à nossa custa.

Esbocei um sorriso triste diante dessa ideia.

— Acha mesmo?

— Eu tenho certeza — disse Noelle, dando-me o braço. — Pare de se preocupar porque mais cedo ou mais tarde ele vai aparecer aqui como se fosse tudo uma grande piada, e você vai ficar chateada de ter perdido o seu tempo.

Dei um suspiro profundo e deixei as palavras dela me acalmarem. Thomas estava bem. Todos os seus amigos, as pessoas que o conheciam melhor, achavam que ele estava bem. Até acreditavam que ele ia aparecer na tal Legado, prontinho para curtir a noite. Quem era eu para duvidar?

— E então? Está pronta para um treino de futebol daqueles bem puxados? — perguntou Noelle. — Prometo que não vou te deixar inconsciente hoje. Quero dizer, espere um pouco. Pensando bem, não prometo, não.

Ri quando nos dirigimos ao prédio do Billings para nos trocar. Uma partida de futebol bem puxada era exatamente do que eu precisava.

— Do que é que vocês estavam falando? — perguntou Noelle. — Parecia sério.

Por uma fração de segundo, pensei em falar da Legado com ela. Mas ainda não estava desesperada a ponto de lembrá-la que eu sabia muito pouco a respeito de como as coisas funcionavam. Eu teria de tentar descobrir por mim mesma.

— Ah, você sabe, né, as últimas novidades da Vera Wang — falei, alegremente, quando dobramos a curva em direção ao Billings.

Noelle riu durante vários segundos.

— É disso que eu gosto em você, Reed — falou, enquanto tentava respirar. — Às vezes você me mata de tanto rir.

QUERIDA REED

— Ugh! Eu não suporto mais este suéter — disse London Simmons, tirando um suéter de cashmere creme pela cabeça e atirando-o em sua lata de lixo prateada. Os cabelos castanho-escuros roçaram suas costas nuas, caindo sobre elas em ondas perfeitas.

— London! Não pode jogar cashmere fora assim! — disse sua colega de quarto, Vienna Clark.

London e Vienna, ou "as Cidades Gêmeas" como o restante do Billings as chamava, eram duas socialites de seios grandes e cabelos bem compridos, que pelo jeito já eram amigas desde bebezinhas. Tinham me chamado para ir ao seu quarto no momento em que eu havia voltado do jantar porque precisavam de ajuda para fazer *feng shui*, como London disse. Isso significava que elas queriam que eu organizasse seus sapatos pela cor, depois pela altura dos saltos. No momento, eu estava no chão, fazendo exatamente isso.

— Pelo menos dá o suéter para alguém, ou alguma coisa assim — sugeriu Vienna.

London, que estava admirando seu busto enorme no espelho, virou-se para olhar para mim.

— Perdão — disse ela, tirando o suéter da lata. — Quer ficar com isso?

A inocência transparecia em seus olhos castanhos. Ela piscou, esperando que eu respondesse que sim e ficasse toda animada.

— Ah, não, obrigada — respondi rapidamente.

— Não para ela! Para os necessitados! — disse Vienna, revirando os olhos enquanto pegava a lixa de unhas e se aproximava. — Não esquenta com ela, não, Voyeur — falou, puxando o suéter dos dedos de London. — Quanto mais emagrece, mais burra ela fica.

Dei um sorriso malicioso.

— Ah, é. Você está só com inveja! — disse London, dando um tapinha em Vienna.

Ambas voltaram às respectivas camas para continuar seus rituais de beleza. Puxei um par de sapatos vermelhos do fundo do armário e os alinhei com todos os outros sapatos vermelhos, comparando as alturas dos saltos. Estava quase terminando. Depois poderia finalmente voltar para o meu quarto e tomar um banho.

— Vi o Walt Whittaker no campus hoje — disse London, casualmente.

Imediatamente, todos os cabelos da minha nuca se arrepiaram. Eu tinha conseguido evitar o Whit o dia inteiro. Toda vez que ele me via, enrubescia e desviava o olhar. Aparentemente estava tão sem graça quanto eu depois do nosso encontro. Durante as refeições, ele havia passado a maior parte do tempo conversando com os professores nas mesas deles, algo que eu nunca tinha visto nenhum estudante fazer antes, e fora do refeitório eu não o havia visto nenhuma vez. Será que as Cidades Gêmeas sabiam que tínhamos nos beijado?

— Vi, esse cara vai ser meu, me aguarde.

Pelo jeito, não.

Vienna deu uma risada.

— Duvido. Todas as outras meninas do campus vão começar a perseguir o Whittaker nas próximas duas semanas.

Hã? *Por quê?*

— E daí? Acha que não consigo conquistá-lo? — perguntou London, incrédula.

— Você tem tanta chance quanto qualquer outra — respondeu Vienna. — Mas ninguém sabe o que se passa na cabeça dele. Cá entre nós, eu sempre achei que ele fosse gay.

Sufoquei uma risada e coloquei o último par de sapatos vermelhos no lugar. Se ele fosse gay, certamente isso explicaria sua falta de experiência na hora de apalpar as moças.

— Só porque ele é gay, não significa que não possa usá-lo — disse London.

Então as duas riram, e eu me levantei, batendo com as mãos no avental. Em parte estava louca para saber para que fim London ia usar Whit. Dinheiro? Duvido. Todos por ali tinham mais do que podiam gastar. Mas uma parte ainda maior de mim estava morrendo de vontade de sair dali o mais rápido possível. Além disso, tinha a impressão de que elas não iriam me contar mesmo.

— Pronto — anunciei.

— Pode ir — disse London, dispensando-me com desprezo.

Lancei-lhe um olhar de ódio mortal que ela nem notou, depois me virei e saí. Praticamente passei correndo pelo corredor pouco iluminado até meu quarto, deixando para trás todos os retratos emoldurados de alunas do Billings através dos tempos. Antes eu tinha gostado dos belos toques decorativos do Billings, os painéis de madeira lustrosos, os tapetes grossos, as luminárias de bronze nas paredes, as portas envidraçadas no fim de cada corredor. Mas agora via apenas como mais coisas para limpar, mais coisas para esfregar, mais coisas para encerar. Eu estava louca para chegar ao meu quarto e ficar longe daquilo tudo. Minha mão estava na maçaneta quando ouvi alguém caminhando pelo corredor atrás de mim.

— Srta. Brennan.

Parei e fechei os olhos. Já estava tão pertinho de descansar!

A Sra. Lattimer, a preceptora de meia-idade do Alojamento Billings, se aproximou de mim com dificuldade, seus passos limitados pela saia justa. Os cabelos pretos estavam presos num coque, e sua blusa branca, como sempre, estava abotoada até o pescoço, com três fileiras de pérolas ao redor do colarinho. A Sra. Lattimer era magra e toda pontuda: sua pele era tão áspera quanto couro. Nunca era vista sem uma grossa camada de rímel e delineador, como se ela pensasse que chamar a atenção para seus olhos claríssimos fosse fazer as pessoas se esquecerem do sinal enorme em seu queixo. Eu a havia conhecido na minha primeira noite no Billings, e ela tinha me olhado da cabeça aos pés como se estivesse confusa diante da minha própria existência. Eu comecei a evitá-la desde aquele dia.

— Srta. Brennan, soube que fez as camas esta manhã — disse ela, as mãos nodosas unidas diante de si.

Espere aí. Ela sabia daquilo?

— Mas se esqueceu da minha, não sei por quê — disse ela, erguendo o queixo. — Gostaria que estendesse a mim a mesma cortesia que concedeu às outras damas do alojamento.

Ela só podia estar brincando. Aquilo não podia ser sério. Não só ela sabia do trote como também não se importava? E estava disposta a participar dele?

— Será que fui clara? — indagou ela.

— Hã... foi, sim — respondi.

— Ótimo — disse ela, balançando a cabeça. Ficamos ali paradas durante um bom tempo. — Pronto, é só isso, pode ir cuidar dos seus afazeres — disse ela, me enxotando com a mão.

— Tá bom.

Empurrei a porta, fechando-a depois, e apoiei-me nela, desejando que tivesse uma tranca. Um ferrolho. Algum tipo de sistema de alarme que me alertasse quando alguma herdeira se aproximasse. Eu não podia acreditar que nossa preceptora também estava participando daquilo. Como se eu já não tivesse muito o que fazer, muita coisa com que me preocupar.

Respirando fundo, afundei um pouco, incapaz de mover mais um músculo sequer. Meus nervos estavam estraçalhados. Eu tinha passado o dia esperando as portas das salas de aula se abrirem e aparecer alguém me chamando para ir até o Edifício Hell conversar com a polícia. Era impossível me concentrar e tinha conseguido picar umas dez folhas de fichário até transformá-las em quadradinhos microscópicos.

Mas nada havia acontecido. O dia tinha terminado sem uma única interrupção, e agora estava correndo um boato de que a polícia ia começar a entrevistar os formandos e depois passaria para as turmas anteriores, e que talvez nem mesmo chegasse a interrogar os alunos do segundo ano antes do fim da semana.

Pessoalmente, queria acabar logo com aquilo. Parecia que o meu sangue tinha sido substituído por cafeína pura. Por que eles não vinham pelo menos me interrogar logo? Será que os investigadores não haviam descoberto ainda que Thomas tinha namorada?

Empurrei a porta e me joguei na cama, olhando para o meu novo quarto, sem sentir nada. *Meu novo quarto*. Durante toda a loucura por que eu havia passado, ainda não tinha tido tempo de apreciar completamente aquele espaço. Ele era pelo menos três vezes maior do que o meu quarto do Alojamento Bradwell, com uma enorme janela em arco, que dava para o pátio. Minha escrivaninha era imensa, com um quadro de avisos embutido e luminária, e a cômoda dupla perto da parede era quase grande demais para a minha caminha. Também estava cheia apenas pela metade, sem nenhum quadro, caixa de joias, nem quinquilharia, ao contrário de todas as outras cômodas do alojamento, que, aliás, eram dificílimas de limpar e lustrar.

Sim, meu lado do quarto era pateticamente destituído de pertences se comparado ao de Natasha, repleto de cartazes pendurados, livros e papéis perfeitamente organizados, uma caixa de plástico transparente com várias bandejas internas, com um lugar para cada joia cara. Mas era o meu lar. Meu lar no Billings. Eu estava precisava me lembrar disso. Eu estava ali.

E todas as tarefas que elas pudessem me obrigar a fazer valiam a pena por isso.

Pelo menos era o que eu achava.

Por fim, me afastei da parede e fui até minha escrivaninha. Alguns dos meus livros ainda estavam em um caixote no chão desde o dia em que as Meninas do Billings tinham-me levado até lá. Era melhor eu arrumar tudo naquele momento, enquanto eu ainda tinha um restinho de energia. Tirei alguns dos livros extras de História, que haviam me dado no primeiro dia de aula, e os coloquei na prateleira acima da escrivaninha. O do meio escorregou e caiu no chão com um baque e, por mais que eu tentasse agarrar os outros, todos escorregaram e caíram, um deles acertando o meu pé.

— Droga! — falei, baixinho, caindo de joelhos.

Apoiei as costas na lateral da cama e suspirei enquanto vários ossos estalavam e alguns músculos relaxavam. Puxa, como era maravilhoso me sentar! Talvez fosse melhor adiar a arrumação.

Esforçando-me bem pouco, puxei alguns livros para junto de mim e os empilhei no meu colo. Ao fazer isso, vi um pedacinho de papel branco, dobrado num quadradinho bem pequeno, sobre o chão de madeira. Que estranho! De onde tinha vindo aquilo?

Eu o peguei e virei-o, na palma da mão. Nunca o tinha visto antes. Será que tinha caído de um dos meus livros? Eles todos tinham sido retirados da biblioteca na primeira semana de aula. Talvez fosse uma velha carta de amor que alguém tinha deixado dentro de um deles. Curiosa, desdobrei a página. Meu olhar procurou logo a assinatura. Era uma folha impressa em computador, mas assinada à mão com caneta.

Por Thomas.

— Quê? — disse, em voz alta.

Imediatamente meu coração acelerou. Sentia as batidas nas orelhas. Na pontas dos dedos; nos *olhos*. Puxei os joelhos até perto do peito, espalhando os livros pelo chão ao fazer isso, e, trêmula, comecei a ler o que tinha nas mãos.

Querida Reed,

Vou embora esta noite. Não sei mais o que fazer. Um amigo meu sabe de um tratamento holístico onde não exigem permissão dos pais. Não vou lhe contar onde é porque não quero que você, nem ninguém, tente me encontrar. Quero me livrar desse vício. E acho que não dá para fazer isso se continuar em contato com as pessoas que são importantes para mim.

Por favor, não fique zangada. Vai ser melhor pra você. Você é boa demais para mim. Eu não sirvo para você. Você sabe que não. Eu te amo. Amo mesmo. Mas você merece coisa melhor. Muito melhor.

Só preciso de um tempo, sozinho, longe dos meus pais e de toda a loucura deles. Você entende. Eu sei que entende. Você me conhece melhor do que qualquer outra pessoa.

Eu te amo demais, Reed. E vou sentir sua falta. Mais do que nunca você vai ser capaz de imaginar.

Com amor,

Thomas

O alívio me invadiu com tamanha rapidez e tal força que meus olhos ficaram embaçados de lágrimas. Eu as enxuguei e li o bilhete de novo. Depois outra vez. Thomas estava bem. Estava bem! Não estava caído numa poça do seu próprio vômito em algum lugar. Tinha ido procurar ajuda. Estava tentando melhorar. Estava, aliás, melhor do que jamais tinha estado antes.

Soltei um suspiro trêmulo, profundo, e li mais uma vez o bilhete. De repente, uma emoção envenenou meu alívio, fazendo os músculos do meu pescoço se contraírem. Thomas tinha rompido comigo. Em um bilhete. Depois de eu ter prometido a ele que iria ajudá-lo como pudesse, ele tinha ido embora assim, sem nem se despedir, e escondido um bilhete de despedida no meio dos meus livros. Que tipo de pessoa faria isso?

Ainda pior, como é que podia deixar um bilhete daqueles em um livro e simplesmente ficar torcendo para eu encontrá-lo? Eu podia ter devolvido o livro à biblioteca e nunca ter visto o bilhete ali dentro. Podia ter me preocupado o resto da vida. Ele podia ter me ligado. Com uma ligação de cinco minutos apenas, ele podia ter me dito a mesma coisa, mas não! Ele não podia fazer isso. Será que não percebia a tortura pela qual eu estava passando?

— Babaca — resmunguei, amassando o papel e jogando-o do outro lado do quarto. Quem diabo ele pensava que era, decidindo que não havia mais nada entre nós? Não me permitindo decidir nada? Desaparecendo e deixando todo mundo preocupado? Aquele garoto precisava mesmo de um tratamento. Um tratamento muito sério.

Pelo menos ele estava dando a entender que pretendia se tratar.

Dois segundos depois de jogar o bilhete fora, levantei-me e peguei o papelzinho. Não podia deixar aquilo ali para

Natasha encontrar. Eu o alisei na minha escrivaninha e tornei a lê-lo.

Foi aí que me lembrei de uma coisa ainda mais torturante.

A polícia. Será que devia mostrar aquele bilhete à polícia? Era óbvio que Thomas não queria que eu mostrasse. Tinha dito que ia embora para se afastar da loucura dos seus pais. Se eu contasse à polícia, eles iriam procurá-lo, e Thomas nunca conseguiria o tempo de que precisava para se recuperar. Mas não mostrar o bilhete à polícia podia ser o mesmo que mentir. Seria o mesmo que ocultar provas. Eu podia me meter numa encrenca bem séria mesmo.

Meu Deus, como eu desejava poder falar com ele. Vê-lo. Abraçá-lo, conversar com ele, ver se conseguia fazê-lo agir de forma razoável. Talvez, se falasse com ele, pudesse convencê-lo a assumir a responsabilidade pelo que tinha feito. Será que não percebia quanta preocupação estava causando? Será que tinha tanto medo dos pais a ponto de achar que essa era a única coisa a fazer?

Imaginei Thomas em algum lugar, sozinho, tentando resolver seus problemas, tentando melhorar, e meu coração ficou tão pesado que pensei que ia morrer. Estava zangada com ele, sim, mas também sentia saudade. Também me preocupava com ele. Desejei apenas que pudesse vê-lo para dizer que tudo ia dar certo.

E aí, sim, talvez bater nele por me tratar daquele jeito.

É mesmo impressionante como o amor e o ódio são próximos um do outro.

— Quer saber? Que se dane! — falei. Não dava para pensar no assunto naquela hora. Estava cansada demais. Sensível demais. E com tendências violentas. Dobrei o bilhete, guardei-o bem no fundo da gaveta da escrivaninha e a fechei.

Muito bem. Respirei profundamente. Pelo menos sabia que Thomas estava bem. Pelo menos sabia que ele estava em algum lugar, vivo. E, se ele tivesse um pingo de consciência, ia me ligar algum dia. Aquele bilhete não era o suficiente. Precisávamos conversar. Muito.

UM EXEMPLO DE MORAL

Depois de um longo banho, e uma reflexão igualmente demorada, eu me senti muito melhor. O bilhete de Thomas, embora tivesse aberto uma ferida imensa, havia me absolvido de umas coisas com as quais eu andava me preocupando. Em primeiro lugar, ele tinha rompido comigo há dias, o que queria dizer que o fato de eu dar um amasso no bosque com Whittaker não tinha sido traição, e isso fez eu me sentir bem melhor. Em segundo lugar, ele tinha sumido da escola indefinidamente, o que significava que eu não ia ter de me preocupar em manter Thomas e as meninas do Billings em cantos bem separados. Não ia ter de me preocupar com isso de jeito nenhum, porque ele tinha rompido comigo.

É. Eu podia ver tudo de maneira bem prática. Reed Cabeça Fria. Esse ia ser meu novo apelido interior.

Essa era a primeira parte do plano. A segunda parte era descobrir mais coisas sobre a tal Legado e conseguir entrar lá para ver se encontrava Thomas, passar uma hora berrando com ele, depois dar-lhe uma chance de se explicar. Uma chance bem pequena. Afinal, Dash tinha dito que Thomas ia aparecer na festa de qualquer maneira. Que Thomas era a Legado. E, se isso era mesmo verdade, eu tinha certeza de que ele não ia deixar um tratamentozinho holístico impedir sua ida.

Quero dizer, muito bem, Thomas não era o cara certo pra mim. Ele tinha razão nisso. Depois da primeira semana de felicidade total, ele só havia me trazido confusão, sofrimento e vergonha. Mas, e a felicidade? Essa parte tinha sido muito boa mesmo. Tão boa que eu tinha me entregado a ele. E eu não podia simplesmente esquecer isso. Ele não podia tirar a minha virgindade e se esgueirar pela noite deixando apenas um bilhete. O que nós havíamos feito significava muito para mim, e Thomas precisava saber disso. Precisava saber que eu não ia simplesmente esquecê-lo. Que nunca iria esquecê-lo, mesmo que não voltássemos a ficar juntos. Eu gostava dele. E pronto.

Vesti meu roupão atoalhado, amarrando-o na cintura, e depois apanhei uma toalha e comecei a esfregar meus cabelos com força, como se pudesse remover toda a confusão que estava sentindo dentro de mim. Quando saí do banheiro repleto de vapor, minha cabeça estava abaixada; portanto, não vi Natasha de pé no quarto até dar um encontrão nela.

— Ai meu Deus! Desculpe! — falei, pulando para trás. Minha mão livre subiu até o peito, e eu ri. — Você me deu um susto enorme.

Natasha nem fez menção de sorrir. Nem se mexeu. Só ficou ali parada, me olhando com uma expressão de quem ia me matar.

— Que foi? — perguntei, nervosa. *Será que tinha encontrado o bilhete? Ai, meu Deus, será que ela havia encontrado aquele bilhete, sabe-se lá como?*

— Precisamos ter uma conversa — disse ela, com toda a seriedade.

— Tá — respondi, tentando convencê-la a sorrir também. Mas não consegui.

Ela foi até o laptop e o abriu.

— Sente-se — pediu, puxando a cadeira da escrivaninha para mim.

Eu lhe lancei um olhar desconfiado, mas obedeci.

— O que vamos fazer?

— Só vai assistir a uma série de fotos — explicou Natasha.

Ela se debruçou sobre mim, o seio roçando o meu ombro, e me deixando constrangida, e abriu uma janela no computador. O que vi na tela primeiro não fez sentido algum para mim. Era uma foto do que parecia uma língua. Uma foto tirada de muito perto de uma língua sendo posta para a câmera. Depois, de repente, a foto diminuiu de tamanho, permitindo que toda a cena aparecesse, e meu coração parou.

Era mesmo uma língua. A minha. Era eu. Meus olhos estavam semicerrados. E eu estava rindo.

— Quando tirou essa foto? — perguntei, lançando-lhe um olhar rápido, por cima do meu ombro.

— Continue assistindo.

Então prestei atenção. A foto seguinte me mostrava tomando uma cerveja no bosque. Na próxima, eu aparecia com as mãos no peito de Whittaker. Depois, vinha uma foto onde eu e Whittaker íamos nos afastando da clareira juntos. Eu com os braços em torno de Whittaker, minha boca aberta de um jeito descuidado, uma garrafa de bebida na minha mão. Whittaker me beijando todo desajeitado, enquanto eu segurava seu rosto com as mãos. Depois a mão de Whittaker no meu seio.

O pavor e a vergonha que senti me deixaram estarrecida, enquanto observava meu próprio rosto. Minha cabeça estava caída para trás, e eu parecia estar gemendo de prazer, quando na verdade estava para vomitar. Aquilo me fazia parecer uma vagabunda, como uma prostituta bêbada que tinha atraído um cara para transar no mato.

— Por que... por que está mostrando isso para mim? — perguntei, quando a sucessão de fotos recomeçou. Virei o rosto para o outro lado, evitando olhar para ela, para a tela e para a verdade do que eu tinha feito.

— Porque quero que entenda que o que vou propor a você é mesmo muito sério — disse Natasha. Ela agarrou a cadeira e girou-a para me obrigar a ficar cara a cara com ela. Apoiando as mãos nos braços da cadeira, ela se aproximou, me olhando direto nos olhos. — Sabe o que essas fotos significam, não sabe? Percebe que, se me der na telha, posso te expulsar daqui tão depressa que sua cabeça vai ficar girando, né?

As lágrimas começaram a escorrer pelos meus olhos. Ela tinha razão, claro. Tinha provas de que eu havia quebrado algumas regras muito sérias da escola. Muito pior, parecia que Whittaker e eu tínhamos ido para o bosque sozinhos, por nossa própria iniciativa. Muito embora houvesse quase uma dúzia de outras pessoas no bosque naquela noite, nenhuma delas aparecia naquelas fotos.

— Por que está fazendo isso comigo?

Mas o que havia de errado comigo? Eu tinha acreditado quando ela havia dito que queria ser minha amiga. Quando eu tinha começado a ser tão ingênua assim?

— Por que preciso que faça uma coisa para mim — disse ela, ficando de pé e esticando bem a coluna.

— O quê? — Eu já era empregada delas. Será que precisávamos também de espionagem depravada na nossa relação?

— Noelle Lange e suas asseclas são responsáveis pela expulsão da minha amiga Leanne desta escola — disse Natasha. — Armaram para cima dela.

Sua acusação não me surpreendeu. No dia em que a colega de Natasha, Leanne Shore, tinha sido expulsa da escola depois de ter colado e, portanto, quebrado o código de honra da Easton, Natasha havia acusado Noelle de ter alguma coisa a ver com aquilo. Eu estava presente no pátio quando ela acusou Noelle bem na cara dela. Mas eu tinha pensado que era só maluquice de Natasha.

— Como... como você sabe? — perguntei.

— Eu simplesmente sei — disse Natasha. — O problema é que não tenho provas. É aí que você entra.

Ai, meu Deus. Não, não, não. Por favor, não me diga que ela vai querer que eu...

— Agora que você é nossa nova empregadinha, vai ter acesso ilimitado aos quartos delas — disse Natasha. — Quero que encontre as provas de que preciso. Quero que reviste tudo que é delas. Devem estar escondendo essas provas em algum lugar. Elas adoram guardar lembranças como troféus. Encontre o que preciso para desmascarar essas bruxas.

Fiquei parada olhando para a cara dela, pasma, a água escorrendo dos meus cabelos, fria como gelo, e descendo pelo meu pescoço.

— Não... não posso fazer uma coisa dessas... — respondi. Eu perderia tudo. Elas iam descobrir e iam me expulsar do Billings. Nunca mais iam falar comigo. Tudo por que eu tinha lutado para conseguir desapareceria em um piscar de olhos.

E além disso Noelle ia me matar. Essa possibilidade sempre existiria.

— Ah, mas pode, sim — disse Natasha, com um sorriso maldoso. — A menos que queira que eu mande isso por e-mail para a diretoria e para todos os alunos e professores desta escola.

Olhei de relance para a tela de novo. A língua de Whittaker estava enfiada bem no fundo da minha goela. Senti gosto de bile. Tentei engolir, mas não pude. As lágrimas estavam fazendo meus olhos arderem de novo. Aquelas fotos representavam o meu fim. O fim da minha vida, do meu futuro. Será que ela não entendia isso?

— Pensei que fôssemos amigas — disse, estupidamente. Talvez a culpa funcionasse. Eu ainda tinha um fio de esperança.

— Ah! Fiquei até arrepiada! — exultou Natasha. — E aí, estamos entendidas?

Fiquei parada olhando para ela, bem firme. Não vi nem um sinal de arrependimento ou de incerteza em seus olhos. Aquilo tudo era um absurdo total. Natasha devia ser o exemplo moral da Easton. Pelo menos era isso que Noelle tinha dito sobre ela uma vez, e Natasha parecia orgulhosa daquele apelido. Agora estava se escondendo e tirando fotos semieróticas de suas supostas amigas e as chantageando. Onde estava a moralidade nisso?

Claro que ela era também presidente do clube de Jovens Republicanos. De tudo que eu tinha lido e ouvido falar a vida inteira, essa era uma manobra da qual os políticos se orgulhariam.

— Reed? Eu fiz uma pergunta.

Minhas mãos tremiam. Eu não podia fazer aquilo. Não depois de tudo que Noelle tinha feito por mim. Não diante de tudo que ela podia tirar de mim.

Mas Natasha podia tirar mais coisas ainda de mim. E eu estava olhando para a prova disso.

A situação era o perfeito exemplo de um caso perdido.

— Tudo bem. Está certo — respondi.

— Ótimo. Agora vá dormir — disse Natasha, fechando misericordiosamente o slideshow. — Tem muito trabalho a fazer.

TUDO AQUILO

Na manhã seguinte, cumpri minhas tarefas metodicamente, pensando em dez milhões de outras coisas. Por algum motivo, todas se levantaram bem cedo, e eu consegui fazer as camas sem ter de suportar comentários irritantes ou instruções detalhadas. Durante o tempo inteiro em que estive no quarto de Noelle e Ariana, a voz de Natasha ficou ecoando em minha cabeça, repetindo-se como o refrão de uma música ruim.

Desmascarar essas bruxas... desmascarar essas bruxas... desmascarar essas bruxas...

Olhei para a cômoda de Noelle. Ela estava me tentando, suplicando para que eu revistasse suas gavetas. Não havia ninguém por perto. Só levaria alguns minutos. Se Natasha cumprisse suas ameaças, eu receberia uma passagem sem volta para Croton, Pensilvânia, e teria de conviver de novo com a minha mãe viciada em remédios, e o meu pai deprimido. Significaria o fim de tudo.

Por outro lado, se eu encontrasse a prova que ela estava procurando, não só Noelle e as outras me odiariam, como também seriam expulsas da escola. Elas iriam embora, e eu continuaria ali, no Billings. Mesmo sem elas, ainda teria uma chance, certo? Elas podiam ser as mais poderosas Meninas do Billings, mas eu ainda teria o nome Billings no meu currículo. E isso devia contar para alguma coisa, não? Não devia?

Então, o que eu tinha a perder, afinal?

Caminhei em direção à cômoda, mas no momento em que fiz isso senti um pavor doentio. Não podia fazer isso. Não podia mexer nas coisas particulares delas. Não podia ajudar Natasha a expulsar Noelle e Ariana, as únicas pessoas que tinham se preocupado comigo depois que Thomas foi embora. Sim, elas me obrigavam a trabalhar, mas também eram minhas amigas. De certa forma. E, além do mais, não era coisa que se fizesse. Então eu disse a mim mesma que não tinha tempo para isso, que trataria daquilo depois, e fui adiante.

Depois de tomar minha ducha, fiz um rabo de cavalo com meus cabelos molhados, atando-os com um elástico, agarrei meus livros e saí correndo. Foi aí que ouvi barulho de festa.

— Nossa mãe! Olha só essas malas! São divinas!

— Abre a grande! A grande!

A garrafa de champanhe estourou, e um bando de meninas soltou gritinhos de prazer. O que estava acontecendo lá embaixo? Parecia um episódio brega do *The Bachelor.* Fui descendo devagar os degraus acarpetados e parei. A recepção inteira do alojamento estava cheia de balões brancos de hélio. As Meninas do Billings estavam reunidas em volta de uma montanha de presentes no meio da sala, e as caixas já abertas tinham sido largadas perto das paredes. Havia papéis de presente pela sala inteira, além de fitas penduradas no corrimão e nos quadros. Vi Kiran enrolar uma echarpe em volta do pescoço e tomar uma taça de champanhe.

Eram sete e meia da manhã.

— O que está havendo? — perguntei, ao acabar de descer a escada.

— Voyeur! Exatamente quem eu estava procurando! — exultou Kiran. Ela apanhou uma caixinha, que me entregou com uma mesura. — Para você!

Era um iPod. Edição limitada, com capinha verde-água revestida de lantejoulas.

— O quê? Por quê?

— É aniversário da Kiran! — anunciou Taylor, parecendo estar com as faces mais rosadas do que nos últimos dias. Todas soltaram vivas e gritos de alegria.

— Ah, é? Feliz aniversário! — disse a ela, sorrindo.

— E no aniversário da Kiran, todas nós ganhamos presentes — disse Vienna, saboreando seu champanhe.

— Não entendi — falei.

— Todo ano é a mesma coisa — disse Kiran, revirando os olhos. — Os designers, fotógrafos, editores de revista e estilistas me mandam todos esses presentes. Tanta coisa que nem mesmo consigo guardar tudo no meu quarto.

— E tem sempre toneladas de duplicatas — disse Noelle, segurando uma bolsa Louis Vuitton.

— Então dou tudo para as outras — disse Kiran, jogando as mãos para cima, com um sorriso. — Ou pelo menos a maioria das coisas. Acho que vou ficar com as malas.

— Ah! — disse Rose, fazendo beicinho. Claramente estava cobiçando o jogo de cinco malas, rondando-o desde que eu tinha chegado.

— E, portanto, isso é para você — disse Kiran, fazendo um gesto na minha direção com a taça de champanhe.

— É mesmo? Até a Cinderela ganha um presente? — brinquei.

Kiran e Noelle entreolharam-se e riram.

— Até a Cinderela — disse Noelle.

Ah, então era isso. Ninguém mais queria o tal iPod, portanto, eu podia ficar com ele. Mesmo assim não dava para reclamar. Estava impressionada por elas terem pelo menos se lembrado de mim.

— Venha cá! — disse Kiran, passando o braço ao redor dos meus ombros e me puxando para o monte de presentes. — Deve haver ainda alguma coisa que ninguém quis pegar. Saiam da frente, meninas, deixem a Voyeur escolher também!

Algumas reclamaram mas todas deram um passo atrás. Olhei cobiçosa as etiquetas de grife, caixinhas azuis com grandes laços brancos, caixas pretas grandonas com fita dourada. Eram os presentes da Kiran. Coisas dela. E ela estava oferecendo aquilo a todas. Queria dividir suas coisas comigo também. Sem nada em troca.

— Olhe, essa cor aqui ia ficar linda em você, Reed! — disse Taylor, erguendo um vestido de seda vermelha.

— Pegue essa jaqueta de camurça. Toda menina precisa ter umas peças de camurça — recomendou Ariana, entregando-me uma caixa.

— Um dia vamos converter você, e vai se tornar uma expert em moda! — disse-me Kiran, oferecendo-me uma taça de champanhe.

— Nossa, isso tudo é incrível, Kiran, obrigada.

— Bom — disse ela, parando diante de mim e me olhando direto nos olhos. — Para que são as amigas?

Senti um aperto dentro de mim, de culpa, e tomei um gole de champanhe. Amigas, é? O que ela pensaria se soubesse que minutos antes eu estava tentando decidir se mexia nas coisas dela? E de Noelle, Ariana e Taylor? Será que ainda me chamaria de amiga? Improvável.

Sacudi a cabeça para afastar aqueles pensamentos. Não tinha feito nada. Não havia traído minhas amigas. Pelo menos, ainda não. Mas, pela primeira vez, olhando para seus rostos felizes, de repente percebi o que tinha a perder se cumprisse o plano de Natasha. Ia perder tudo aquilo. Se eu fosse até o fim, aquelas meninas iriam embora daquele lugar, da minha vida.

Eu tinha tudo aquilo a perder.

UM PERFEITO CAVALHEIRO

Passei todas as minhas aulas matinais meio delirante. Se a professora de arte tivesse chamado o meu nome durante a aula sobre impressionismo francês, provavelmente teria resmungado uma resposta como "A razão entre a altura e a hipotenusa". Não fazia a menor ideia de onde estava.

Espionar ou não espionar? Essa era a questão. E, quando não era, havia sempre aquele outro probleminha. Quando a polícia viria atrás de mim? E, quando viesse, será que eu devia mostrar o bilhete de Thomas?

Eu tinha algumas outras coisas mais importantes na cabeça do que decidir se Claude Monet podia ou não ser considerado um revolucionário.

Quando finalmente saí da minha quarta aula do dia, fui a primeira a atravessar a porta. Passei correndo pelo corredor, desesperada por um pouco de oxigênio. Precisava clarear as ideias. Precisava ir a algum lugar para pensar. Não me lembrava de nada que os professores tinham dito a manhã inteira. Se não conseguisse resolver toda aquela situação logo,

Natasha não ia nem precisar me chantagear. Eu ia levar bomba antes que ela conseguisse me expulsar.

Empurrei a porta do edifício e saí ao sol, respirando bem fundo o fresco ar outonal. Era daquilo que eu precisava. Ia dar um passeio bem devagar pelo campus até o refeitório. Ia passar um tempo só respirando e organizando os pensamentos. Alguns minutos sozinha eram justamente o que qualquer psicólogo recomendaria.

— Alô, Reed.

Walt Whittaker estava encostado contra o pilar de pedra ao pé das escadas. Na mesma hora, aquele slideshow malicioso de Natasha me passou pela cabeça. Lábios, mãos, línguas. Que nojo. Pelo jeito ele tinha decidido que já era hora de conversar comigo. Se houvesse um prêmio para a escolha do pior momento, ele seria um forte candidato.

— Oi — respondi, passando direto.

Como sempre, algumas fofoqueiras estavam me olhando, de modo que eu torci para ele ficar envergonhado diante delas e se mancar. Estremeci ao passar por ele. O que antes seria um casinho passageiro, cujos detalhes eu nem conseguiria lembrar, havia agora se tornado um encontro mal resolvido marcado a ferro em brasa na minha cabeça.

— Gostaria de falar consigo.

Com aquelas suas pernas longas, ele me alcançou em duas passadas.

Respirei fundo e soltei o ar de forma audível. Muito bem. Não tinha sido culpa dele. Não era ele quem estava me chantageando. Pelo que eu sabia, ele nem mesmo imaginava que aquelas fotos existiam. E não podia mesmo evitá-lo para sempre. *É melhor acabar logo com isso*, pensei. Pelo menos seria uma coisa a menos sobre a qual pensar. Saí do caminho de paralelepípedos e fui até a sombra de um bordo dourado.

Tentei não me encolher quando olhei para ele.

— Como vai? — indagou Whittaker, os olhos castanhos revelando preocupação sincera.

— Bem. E você?

— Vou bem. Obrigado por perguntar. Escuta, preciso falar com você sobre o meu comportamento naquela noite... — começou, fazendo meu estômago revirar. — Quero pedir desculpas a você. Passei um pouco dos limites e creio que você também. — E me olhou, como que pedindo uma confirmação.

— Um pouco?

Bota eufemismo nisso.

— É que pode ser que eu tenha tirado vantagem de você — disse ele, olhando um instante para os seus mocassins. — E arrependo-me sinceramente disso.

Puxa! Um cara mais ou menos da minha idade que era mesmo um perfeito cavalheiro. Os músculos dos meus ombros descontraíram-se ligeiramente. Estava certa a respeito de Whit desde o início, muito embora minha avaliação inicial tivesse sido feita enquanto eu estava de porre. Ele era um cara legal de verdade. Eu não podia descontar nele a raiva que sentia de Natasha.

— Tudo bem — respondi.

— Não. Não está nada bem. Eu...

— Sério, Whittaker — interrompi. — Eu também estava lá. Eu sabia o que estava fazendo. — Pelo menos pensava que sabia até a noite anterior, quando havia visto como a coisa tinha parecido de fora. — Não foi só você que errou.

Whittaker sorriu, agradecido.

— Mesmo assim, você é uma dama. Merecia ser tratada melhor do que a tratei.

Ah, mas não sou dama mesmo!

— Obrigada — falei, tentando sorrir.

— Então... — disse ele, depois riu. — Agora que já falamos da parte delicada, podemos ser... amigos?

Amigos? Sim. Ai, muito obrigada. Obrigada, obrigada, mil vezes obrigada.

— Claro! — respondi.

— Ótimo. Então seremos amigos daqui para a frente — disse Whittaker. Depois pegou minha mão e beijou-a de leve.

Eu, hein. Nenhum dos meus outros amigos fazia isso, mas tudo bem.

— Tenho hora marcada com o diretor agora, mas nos vemos na hora do jantar, certo? — indagou, erguendo as sobrancelhas.

— Até lá — respondi.

Quando ele se virou e foi embora, fiquei pensando se estava dizendo a verdade quando falou que queria ser só meu amigo, mas decidi deixar para lá. Tinha muitas outras coisas sobre as quais pensar. Por enquanto, ia acreditar na palavra dele. E depois, se necessário, ia exigir que ele cumprisse o que combinamos.

SEGREDOS

Quanto mais gente a polícia entrevistava, mais os boatos se espalhavam pela Academia Easton. Se a expulsão de Leanne tinha levado um oito, o desaparecimento de Thomas merecia pelo menos um dez. Por onde quer que eu fosse, todos estavam perguntando uns aos outros o que sabiam, o que tinham ouvido dizer, e mesmo assim ninguém parecia saber de nada. Tudo era muito frustrante. Quanto mais tempo passávamos sem pistas, mais carregado de pânico ficava o clima, até que a energia cinética do corpo discente parecia poder causar um acidente nuclear.

— E aí, teve alguma notícia? — perguntou-me Constance, sentando-se na carteira ao meu lado na aula de Trigonometria, nossa última do dia.

— Não. E você? — indaguei.

— Ouvi dizer que eles interrogaram o Dash McCafferty durante uma hora — disse Constance, arquejante. — E, pelo que dizem, a Taylor Bell saiu chorando.

— Quê? Não pode ser — comentei, espantada. — Por que Taylor choraria?

— Vai entender — disse Constance. — Talvez ela seja secretamente apaixonada pelo Thomas, ou coisa assim.

Taylor? Impossível. Ou não? Eu nunca tinha visto Taylor olhar duas vezes para Thomas, e era dificílimo deixar de fazer isso. Era mais provável que ela tivesse só ficado abalada pela situação. Ou que alguém tivesse inventado essa história de ela ter saído chorando.

Eu me lembrei da hipótese de Noelle e imaginei se Thomas realmente não estaria por aí rindo a valer do drama que estava causando. Seria esse o motivo pelo qual ele não tinha contado a ninguém para onde estava indo? Desejei pela milionésima vez poder pelo menos vê-lo para perguntar qual fora sua intenção. Mas havia um jeito: se eu conseguisse descobrir mais alguma coisa sobre essa tal de Legado e arranjar um jeito de ser convidada, podia ser que tivesse uma chance de finalmente, *finalmente*, descobrir onde ele andava.

— Olha, deixa eu te perguntar uma coisa, você sabe o que é essa tal de Legado?

Constance riu com desprezo e afundou na cadeira.

— Sei. É o único assunto no momento. A não ser você, é claro.

— Isso. O que é? — perguntei.

— É uma dessas festanças exclusivas na cidade, ou coisa parecida — disse Constance. — Todos procuram guardar segredo, pelo menos de gente como nós.

Eu pisquei.

— Gente como nós? — A não ser pelo fato de sermos do segundo ano, Constance e eu não tínhamos nada em comum.

— Que não faz parte do "legado" — disse Constance. — Só quem vem de uma longa linhagem de pessoas que frequentaram escolas particulares é convidado. Não gente como nós.

Foi minha vez de afundar na cadeira. Então era disso que aquelas meninas estavam falando quando disseram que nunca iam me ver por lá.

— É mesmo?

— É. Que droga, né? — disse Constance. — Parece que vai ser incrível. A Missy Thurber me falou que no ano passado todos os caras ganharam um Rolex de platina e as meninas, um colar Harry Winston, edição limitada. Eu mataria alguém para ter qualquer coisa da Harry Winston. Minha mãe não quer me deixar usar nenhuma joia boa até eu ter 18 anos. Acha que vou perdê-las.

— Ai, que saco! — falei, perdendo a esperança de rever Thomas.

— Mas você agora é do Billings, portanto, talvez consiga ir de algum jeito.

— Como assim?

— Sabe como é, as Meninas do Billings conseguem tudo que querem — disse Constance, como se fosse uma coisa óbvia. — Você provavelmente vai ser convidada ou algo do gênero.

Refleti sobre essa hipótese por um instante. Não era ruim, aliás. Todos na Easton sabiam que as Meninas do Billings nunca deixavam de participar de nada a menos que não quisessem. Talvez essa fosse a minha primeira chance de exercitar minha popularidade. E ver Thomas. Ai, meu Deus, tomara que fosse mesmo assim!

— Ai, nossa! Olha lá ele! — disse Constance de repente, agarrando o meu braço.

Meu coração parou completamente. Olhei pela janela.

— Thomas?

— Não! Walt Whittaker! — sussurrou Constance, puxando a carteira para perto da minha. — Ouvi dizer que ele tinha voltado de viagem.

Meu mundo caiu. Que decepção! Virei-me, e, de pé no corredor diante da sala de aula, falando com nosso professor de Trigonometria, estava nada mais nada menos do que Whit em pessoa. As Cidades Gêmeas, London e Vienna, estavam rondando por perto, agarradas aos livros, esperando que ele terminasse a conversa. Pelo jeito a campanha de London, para o que quer que planejasse usar Whit, já havia começado.

— Você o conhece? — perguntei.

— Se o conheço? Os pais dele são amigos dos meus — disse Constance, ainda agarrando meu braço. — Eles é que sugeriram que eu me matriculasse aqui. Nossa, olha só para ele. É tão gostoso!

Alarme interior. Endireitei a coluna.

— Quê?

— Puxa, ele perdeu um bocado de peso — disse Constance, encantada. — Deve estar malhando.

Perdeu peso? É mesmo? Hum! Quanto ele pesava antes? Cento e cinquenta quilos?

— Espere aí um instante, espere aí... você gosta dele? — perguntei.

Constance conseguiu afastar o olhar de Whit pela primeira vez e virou na minha direção. Parecia até uma daquelas fãs desesperadas que só assistem aos concertos da sua banda preferida na primeira fila.

— Eu sou apaixonada por ele desde que tinha dez anos — disse ela. — É claro que ele nem mesmo sabe que existo, mas...

— E o Clint? — perguntei. Ela, afinal de contas, tinha um namorado em Nova York.

Constance soltou uma exclamação de desprezo.

— Ai, nossa, se Walt Whittaker demonstrasse qualquer sinal de interesse por mim, eu dava um fora no Clint na mesma hora. — E estalou os dedos para mostrar com que rapidez o namorado ia dançar.

— Uau! Eu não fazia ideia — falei, voltando a afundar na cadeira.

Mal podia crer que um cara como Whit pudesse inspirar uma paixão ardente em uma garota, mas isso só servia para mostrar que todos tinham seu par nesse mundo. Só que por uma triste coincidência o adorado de Constance tinha metido a língua na minha boca há apenas duas noites.

— Imagina, ninguém sabe — disse ela. — Eu nunca contei a ninguém — disse Constance engasgando. — Não conta para ninguém, tá?

— Não se preocupe, não vou contar.

Assim como não vou lhe contar sobre um certo encontro ilícito com uma certa pessoa no bosque, no domingo à noite.

Exatamente do que eu precisava. Mais segredos de outras pessoas. Logo, logo ia começar a ficar difícil lembrar qual era o segredo de quem.

AMIGOS... COM BENEFÍCIOS

Uma outra noite passou. Depois mais outra. E eu não tinha notícias de Thomas. A cada hora de cada dia eu estava ocupada com trabalho doméstico, aulas, ou tentando evitar a Natasha, o que não era fácil, considerando-se que dormíamos no mesmo quarto. Eu não tinha feito a revista no quarto da Noelle, nem de ninguém. Não tinha aberto sequer uma gaveta. Quanto mais tempo passava sem que a Natasha mencionasse o assunto, mais eu torcia para que ela simplesmente esquecesse o nosso trato.

Pelo menos era o que eu sonhava.

Entretanto, todo o trabalho, a preocupação e as manobras para evitar a menina tinham seu preço. Eu não conseguia dormir, mal arranjava tempo para comer, e ainda estava esperando a polícia me chamar para dar meu depoimento. Lá pelo fim da semana já estava me sentindo uma sombra da antiga Reed.

Na sexta, na hora do almoço, coloquei minha bandeja lotada numa ponta da mesa do Billings e distribuí a comida que tinham me pedido para buscar. Depois desabei em uma das duas cadeiras vagas e tirei da bolsa o meu livro de Trigonometria com um suspiro. Eu tinha um teste naquela tarde. Não conseguia nem me lembrar sobre que capítulo ia ser.

Indiferente, folheei o livro, notando que as pontas dos meus dedos estavam irritadas, avermelhadas e rachadas por causa dos produtos de limpeza e de tanto lavá-las. As articulações estavam rachadas também, e havia pequenos cortes e machucados espalhados sobre minhas mãos inteiras. Eu estava virando mesmo uma proletária.

Uma sombra projetou-se sobre meu livro justamente quando decidi estudar um certo capítulo. Ou, mais provavelmente, ler apenas uma frase, que leria várias vezes seguidas sem absorver nada. Alguém pigarreou. Finalmente olhei para cima.

Whit estava parado bem ao meu lado, as mãos às costas, um sorriso travesso no rosto. Estava de suéter verde com um estampado *pied-de-poule* minúsculo que nele dava a impressão de ter *pieds-de-poule* demais.

— Oi, Reed — cumprimentou ele, num tom quase brincalhão.

— Oi...?

Olhei para os outros. Alguns deles observavam com interesse. London, que estava sentada à mesa ao lado, atrás de Noelle, parecia especialmente curiosa. Até parou de se arrumar e se virou.

— E aí, tudo bem? — perguntei.

— Eu tenho uma coisa para você — disse Whit. — Nada muito grande. Não se preocupe. Eu só... me lembrei de você quando os vi.

Engoli em seco.

— Quando os viu?

Whittaker mostrou-me então um pequeno embrulho, que estava escondendo às suas costas. Era cinza e brilhante, com letras douradas. Fiquei olhando admirada.

Tive a sensação de que, não importa o que houvesse dentro do pacote, não seria um presente de quem era só amigo. Aliás, nenhum presente dado assim sem motivo podia ser coisa de alguém que queria ser só amigo. Isso não estava me cheirando nada bem.

Olhei ao meu redor. Algumas pessoas das mesas mais próximas começavam a notar. London olhava para mim com uma inveja descarada e Vienna parecia estar em choque. Vi de relance a Constance entrando na fila do almoço no fundo da sala. Pelo jeito ela ainda não tinha percebido o que estava acontecendo.

— Vai, abre — disse Whittaker.

Se eu criasse muito caso, só chamaria mais atenção. E naquele instante a única pessoa que realmente não precisava assistir àquilo não ia de fato conseguir ver nada.

— Meu Deus, Reed, por que a demora? — indagou Kiran. — É só uma joia.

— Você está dando uma joia a ela? — indagou Josh, com cara de aborrecido.

— Não é nada — disse Whittaker. — Abre logo, Reed.

Sorri para o Whittaker, constrangida por nós dois, e peguei o pacote. Abri depressa e tirei a caixinha forrada de veludo de dentro do embrulho. Minhas mãos tremiam quando tentei abri-la. Finalmente ela se abriu, com um barulhinho, me assustando. A coisa toda quase caiu dos meus dedos, mas eu peguei a tempo.

— Meu Deus do céu! — exclamei, sem conseguir me conter.

Todos riram. Contra o cetim negro estavam dois brilhantes grandes e quadrados. Brincos. Mais caros do que qualquer coisa que eu jamais tinha possuído, ou possuiria, na minha vida inteira provavelmente. Taylor e Kiran ficaram na ponta dos pés para ver o que havia na caixa. London e Vienna ajoelharam-se nas cadeiras e viraram-se, quase se chocando, para olhar.

— Onde já se viu! — exclamou London, recebendo um tapa de reprovação de Vienna. London voltou a se sentar na cadeira, de cara amarrada.

— Nossa, escolheu bem, hein, Whit — disse Kiran. — Você tem bom gosto.

Whittaker sorriu, radiante, diante daquele elogio.

— Eu fui à cidade jantar com minha avó ontem à noite, vi esses brincos em uma vitrine e senti que precisavam ser seus — disse. — O que achou? Gostou?

Brincos de brilhante. Meus próprios brincos de brilhante. Todas as outras meninas da mesa tinham pares semelhantes. Sempre que os usavam eu tentava não olhá-las com inveja, não cobiçá-los. Mas agora tinha os meus. Não sabia o que dizer. A não ser por que, por que, por que ele estava me dando aquele presente?

— Eles são... são lindíssimos. — Depois, reunindo todas as forças da minha alma, continuei: — Mas não posso aceitá-los.

— Pode, sim — afirmou Whittaker, sem hesitar.

— São caros e bonitos demais — insisti.

— Reed — disse Noelle, entredentes. — Não seja mal-educada.

Olhei de relance para as meninas. Todas estavam me dando aquele olhar de repreensão. Seria grosseria da minha parte não aceitar aqueles brincos com os quais provavelmente seria possível pagar minha anuidade inteira? Seria indelicado devolver o presente para que o Whit recuperasse o dinheiro que não devia desperdiçar com alguém que não estava no momento — nem nunca estaria — atraída por ele? No mundo delas seria falta de educação desencorajá-lo?

Pelos olhares fatais que eu estava recebendo, imagino que sim.

Olhei para o Whit. Ele parecia tão esperançoso e feliz. A última coisa que eu queria era humilhá-lo diante de todos. E além disso a Constance iria voltar da fila do almoço a qualquer momento. Não podia deixá-la ver aquilo. A menos que quisesse acabar com a vida da garota.

— Obrigada, Whit. Foi mesmo... muita gentileza sua — agradeci, finalmente. Fechei a caixinha e a coloquei dentro do pacote.

— O prazer foi todo meu — disse ele, com um sorriso de quem está satisfeito consigo mesmo.

Depois olhou por cima do meu ombro.

— Ah, lá vai a Sra. Solerno. Ainda não falei com ela. Minha avó me mataria se eu não a cumprimentasse.

Quem era essa avó? E como é que eu poderia evitar que ela o levasse à cidade e o deixasse gastar toda a sua grana em presentes impulsivos?

— Já volto — disse ele.

Depois apertou meu ombro e se afastou.

— Caramba, acho que o Whit está mesmo na sua — comentou Ariana no segundo em que ele saiu.

— Fico feliz por ele — disse Dash, como se fosse um pai orgulhoso.

— Já esqueceu o passado, é, Reed? — indagou Josh.

Meu rosto ardeu e todos ficaram calados por um longo tempo. O rosto de Josh também ficou vermelho, como se tivesse acabado de perceber o quanto havia me magoado com suas palavras, e ele desviou o olhar.

— Em primeiro lugar, Hollis, a vida pessoal da Reed não é da sua conta — disse Noelle, irritada. — Em segundo lugar, seu amiguinho desapareceu sem avisar ninguém. Ela tem todo o direito de seguir em frente.

— Desculpe — disse Josh, amassando seu guardanapo e jogando-o no chão. — Eu preciso ir andando.

Então ele se levantou e me lançou um olhar de quem pede desculpas, afastando-se em seguida. Sem saber por quê, não consegui engolir durante um minuto inteiro. Todos ficaram me olhando e esperando.

— Ei, pessoal, desculpe decepcionar vocês — falei, finalmente, trêmula. — Mas o Whittaker e eu somos só amigos. — E guardei os brincos no fundo da minha bolsa.

— Ah, sim, claro — disse Gage, sugando a colher cheia de sopa. — Eu também compro brincos de cinco mil dólares para os meus amigos sem motivo algum.

Minha cabeça rodou. Cinco mil dólares? *Cinco mil dólares?*

— Ora, vamos, novata, dá uma chance ao coitado — procurou me convencer o Dash, colocando umas uvas na boca. — Ele merece uns amassinhos.

Noelle bateu no braço dele com as costas da mão e todos os rapazes ficaram rindo baixinho.

— Ha, ha — disse, fingindo me concentrar outra vez em meu livro. — Desculpem-me por decepcioná-los, mas nós somos mesmo só amigos. Foi ideia *dele* sermos só amigos.

— Ahã — zombou Natasha. Sua voz me deu arrepios. — Continue repetindo isso; pode ser que se convença.

A VERDADE VERDADEIRA

— Reed!

Continuei andando, com a cabeça baixa por causa do vento. Não podia ouvi-la. O vento fazia barulho demais. Que ela acreditasse que eu não podia ouvi-la.

— Reed! Reed, eu sei que você está me ouvindo...

Parei de andar e me virei para encarar Natasha. Seus cachos dançaram ao vento em torno do seu rosto, dando-lhe uma aparência de Medusa.

— Sei que anda me evitando — disse ela, apertando alguns cadernos contra o peito. — E deixei que fizesse isso porque estava dando tempo até que você cumprisse sua parte no trato. O que descobriu?

— Nada — respondi.

Suas sobrancelhas se ergueram.

— Nada?

Suspirei e olhei para os meus pés.

— Eu tinha outras coisas com que me preocupar, Natasha — falei, tentando parecer chateada. Chateada, indiferente, sem medo. — Sabe... escola, futebol, namorado desaparecido?

Tenha compaixão, vamos, você sabe que quer sentir pena de mim.

— Não estava pensando no namorado desaparecido quando deu aquele amasso no Whittaker, estava? — disse ela. — O Thomas está naquela lista de e-mail também, sabia? Quer que ele volte e descubra quem você realmente é?

Meu rosto ficou vermelho de raiva.

— E o que é que eu sou?

Natasha avançou um passo na minha direção. Seus olhos mostravam que estava se divertindo.

— Uma vadia traidora, que gosta de encher a cara, e é fraca demais para se defender. Talvez ele goste de saber que ganhou esses penduricalhos que escondeu aí na bolsa. Aceitando presentes de outro cara — disse ela, estalando a língua. — É, você é mesmo uma namorada fiel e preocupada.

Senti vontade de dar um tapa na cara dela. Podia ter acertado Natasha naquele momento, ali mesmo. E teria feito isso, se vários professores e policiais não estivessem circulando pelo pátio.

— Você não deve nada a elas, Reed — continuou Natasha. — Faça o que é certo. Senão já sabe o que serei obrigada a fazer.

Depois ela foi embora, despreocupada, como se estivéssemos falando do tempo. Quando me virei, dei de cara com Josh. Levei a mão ao peito. Realmente não ia aguentar mais sustos como aquele.

— Desculpe — disse ele, ajeitando a alça da mochila. — Assustei você.

— Tudo bem — respondi, passando por ele. Não tinha mais paciência para suas recriminações.

— Reed! Será que eu não posso ao menos me desculpar?

Parei de andar e bufei. Depois me virei e encarei o Josh.

— Que palhaçada foi aquela? — perguntei, chateada.

Ele parecia quase desesperado quando caminhou em minha direção.

— Não sei. Desculpe. Saiu sem sentir.

— Sabe o que mais, Noelle estava certa. Não é da sua conta o que eu faço — desabafei.

— Reed, que é isso? Não fale assim — disse ele.

— Por que não? — indaguei.

— Porque não. Porque eu estava querendo que a gente fosse... sei lá... amigos — continuou ele, dando de ombros. — Você é uma das únicas pessoas normais que existem nesta escola, e eu... eu gosto de você.

Foi uma declaração tão espontânea, tão doce, que senti minha tensão começar a diminuir.

— Gosta mesmo?

Josh sorriu. Tinha um sorriso perfeito, de menino.

— Gosto.

— Então por que disse aquilo? — perguntei. — Me magoou, sabe?

— Eu sei. Desculpe. Às vezes julgo as pessoas. É um defeito meu — falou. — Mas vou melhorar. Se me perdoar.

Não sei por quê, dei um sorriso de orelha a orelha.

— Tudo bem, eu te perdoo.

— Jura? Puxa, obrigado. Desculpe mesmo, viu...

Ergui uma das mãos.

— Não vamos mais falar nisso, tá?

— Está certo. É melhor ir para a minha aula, agora.

Isso. Aulas. Nos últimos dias aquele aspecto supostamente importante da minha presença ali na Easton estava em um dos últimos lugares na minha lista de prioridades.

— Até mais? — disse ele.

— Com certeza — respondi.

Depois me virei e saí caminhando, sorridente, para o prédio onde eram as aulas. Inacreditável. Em dois segundos Josh Hollins tinha me feito esquecer completamente as ameaças da Natasha.

Isto é, quase.

A ACUSAÇÃO

Sentada na aula de Trigonometria, um pouco antes de o sinal tocar, eu balançava o pé para cima e para baixo sob a carteira, enquanto tentava ver se conseguia decorar alguma coisa na última hora. Dei um sorriso sem graça para Constance quando ela se sentou na cadeira ao lado da minha.

— Pronta para a prova? — perguntei.

— Estou, sim. Mas tenho uma pergunta. — Sua voz saiu anormalmente aguda. Ela entrelaçou os dedos sobre a carteira ao se virar para mim. — Por que o Walt Whittaker está te dando presentes?

Meu estômago revirou. Não era o que eu precisava naquela hora.

— Você viu? — perguntei, esfregando um ponto entre os olhos onde começava a sentir pontadas de dor de cabeça.

— Não. Missy e Lorna viram — respondeu ela. — Mal posso acreditar! Ontem mesmo eu estava te confessando o que sinto por ele — disse baixinho. — E vocês já estavam juntos! Que burrice a minha!

— Não, Constance, não é bem isso — disse eu. — Nós não estamos juntos. Não há nada entre nós.

— Não tente me enganar — disse ela. — Imagino o que o Thomas ia dizer se soubesse disso.

Engoli em seco de novo. Ali todo mundo sabia mesmo como arrasar com uma garota.

— Nada. Ele não diria nada porque não é nada. — Respirei fundo quando Constance, resoluta, olhou para o quadro-negro. À nossa volta, nossos colegas sentavam-se pouco a pouco nos lugares vazios, enchendo a sala. — Olha, o Whit pode estar meio caído por mim, mas é só isso. E é bom ele superar isso bem depressa, porque juro que não sinto nada por ele.

Como é que poderia, se a minha história com o Thomas ainda não tinha se resolvido? Pensei na acusação de Josh no refeitório e senti um aperto por dentro.

Então percebi o que tudo aquilo parecia para os outros. Eles não faziam ideia de que eu só queria rever o Thomas para poder ter certeza de que ele estava bem e, então, ter a chance de terminar tudo. Como podia culpá-los por pensarem o pior de mim?

Constance suspirou e me fitou pelo canto do olho.

— Jura?

— Juro — respondi.

A postura rígida que tinha mantido desde que veio tirar satisfação comigo relaxou-se ligeiramente, e ela se recostou na cadeira. Diante da porta da sala, vi o nosso professor de Trigonometria, o Sr. Crandle, conversando com outro professor.

— Escuta, se gosta tanto assim do Whit, devia falar com ele — sussurrei para a Constance. — Talvez vocês fiquem juntos!

Constance corou e olhou para suas unhas pintadas. Sob a carteira, ela cruzou as pernas com timidez, na altura dos tornozelos.

— Ele nem mesmo sabe que eu existo — falou.

— Duvido que seja verdade. O Whit não parece ser do tipo que esquece uma velha amiga da família.

— Talvez — disse Constance, mordendo o lábio. — Sei lá. Mas, e se ele não se lembrar de mim? Eu me sentiria muito mal. — E de repente seu rosto se animou e ela ergueu a cabeça. — Espera aí, talvez você possa falar com ele por mim. Mencionar meu nome e ver o que ele diz?

Ela era mesmo uma fofa! De verdade. Tão fofa que me fez sentir vontade de enfeitá-la com um laço cor-de-rosa e metê-la em uma dessas caixinhas de transportar gatos.

— Claro! — concordei. — Eu posso fazer isso.

— Pode mesmo? — ela deu um gritinho, estendendo o braço para pegar minha mão. — Isso seria o máximo!

Seria mesmo. Porque, se eu falasse com o Whittaker sobre a Constance e ele ficasse com ela, isso seria ótimo para mim. As Meninas do Billings ficariam decepcionadas por eu não ter conseguido namorar o cara que "me daria várias coisas", mas, por outro lado, não poderiam me culpar se ele se apaixonasse por outra pessoa. Além disso, o Whit ficaria feliz, e eu não teria de andar tanto com ele e me lembrar sempre daquelas fotos horrendas. Seria capaz de me concentrar no que era realmente importante, ou seja, descobrir o que fazer com Natasha, como continuar na escola e como ir a esse tal evento, a Legado, para poder falar com o Thomas. Ou seja, seria mesmo o máximo. Para mim, para o Whittaker e para a Constance.

— Tranquilo — disse, com um sorriso benevolente.

— Muitíssimo obrigada.

Exatamente neste momento o Sr. Crandle entrou na sala, com o outro professor atrás dele. Eu não tinha visto aquele cara ainda pela escola, e meu coração começou a pular de medo à medida que os cochichos se espalhavam pela sala.

Ele não era professor.

— Srta. Brennan, este é o detetive Hauer — disse o Sr. Crandle. — Ele gostaria de falar com você. Por favor, pegue suas coisas e vá com ele.

Boquiabertos, todos se viraram para me olhar, como se não soubéssemos que isso ia acontecer. Minhas mãos tremiam quando peguei os livros. Olhei de relance para o detetive Hauer, um homem baixinho e robusto, com uma camisa amassada e gravata de algodão, parado ali diante dos alunos, com as mãos às costas, seus olhos castanhos aguçados como uma navalha, observando cada movimento meu.

Culpada. Foi como me senti sendo observada daquele jeito. Culpada. Mas de quê? De encontrar um bilhete do meu ex-namorado? Ele podia ir colocando as algemas e me levando para a guilhotina.

Consegui me levantar da carteira sem que meus joelhos batessem muito um contra o outro e acompanhei o detetive.

— Oi, Reed — disse ele. Sua voz era tão grossa que fez meus ossos vibrarem.

— Oi.

Até minha voz soara como se eu fosse culpada.

Ele fez sinal com a mão para eu sair da sala primeiro.

— Pode fazer o teste amanhã, Srta. Brennan — disse o Sr. Crandle, solícito, quando cheguei à porta.

Maravilha. Era com isso que eu estava preocupada.

NEGATIVA

Conta pra eles.

Não, não conta. Thomas vai ficar louco de raiva.

E daí? Você já está com raiva dele. Além do mais, é a lei. Será que eles podem me prender se eu não contar?

Não conta. Os pais do Thomas vão com tudo pra cima dele. É traição.

Mas ele não me traiu rompendo comigo com um bilhete?

Conta.

Não.

Conta, vai.

Não.

Não, não, não.

— Não há motivo para ficar nervosa, Reed — disse o detetive Hauer.

Parei de mascar a ponta do cordão do meu capuz e me sentei.

— Não estou nervosa.

Pois, sim. Estava mesmo sendo muito convincente. A voz estridente e a saliva davam um toque todo especial.

— Gostaria de beber alguma coisa? — indagou ele.

— Não, obrigada.

Sorri para o detetive, que se sentou à mesa larga do diretor Marcus. Depois lancei o mesmo sorriso amarelo ao chefe Sheridan, que estava no canto, perto de uma das estantes altíssimas. Atrás de mim, em uma poltrona, estava minha orientadora, a Sra. Naylor. Pelo jeito ela estava ali para defender os estudantes, o que significava, eu supunha, que se tentassem me bater com uma lista telefônica a Sra. Naylor devia lhes pedir, com toda a educação, que não fizessem isso.

Se ela faria isso ou não, eram outros quinhentos. Eu sabia muito bem que a Sra. Naylor não aprovava a minha presença na Academia Easton, nem gostava de ser minha orientadora.

— Bom, pelo que pudemos verificar, você e o Sr. Pearson são namorados — disse o detetive, olhando para uma folha de papel à sua frente.

— Sim — respondi, esticando-me um pouco mais para tentar ler o papel.

— Há quanto tempo? — perguntou o detetive. E puxou o papel mais para perto de si. O chefe remexeu-se, pondo um braço sobre a barriga e descansando o outro cotovelo sobre ele, com a mão sustentando o queixo.

— Desde a terceira semana de aulas — falei, fazendo força para engolir a saliva. — Então, não faz muito tempo.

— Entendi — disse o detetive. — É namoro firme?

Pigarreei.

— Depende do que entende por firme.

O detetive sorriu, tolerante.

— Conhecia bem o rapaz?

— Razoavelmente bem, acho — respondi. — Mas todo mundo tem seus segredos, certo?

Suas sobrancelhas ergueram-se de repente.

— Tem, é?

Ai, meu Deus. Por que eu disse isso? Por quê, por quê, por quê?

— Por acaso Thomas contou a você algum segredo dele, Srta. Brennan? — indagou. — Para onde ele ia, por exemplo?

Sim! Sim! Contou! Contou, contou, contou!

— Não — respondi. — Não me contou nada.

O detetive me observou com muita atenção, como se estivesse tentando ver o que se passava na minha cabeça. Aquilo me fez sentir calor e arrepios. Depois voltou a olhar para o papel.

— É verdade que na semana passada vocês dois tiveram uma briga em frente ao refeitório?

Meu rosto ficou quente feito uma placa de ardósia ao sol.

— Como soube...

— Várias testemunhas mencionaram isso — disse o detetive.

Puxa, que legal. Será que todos na escola tinham vindo aqui para me denunciar?

— Sim, nós brigamos — respondi.

— Por causa de quê?

Por que ele é um traficante de drogas e vende erva para a escola inteira.

— Hum... Prefiro não dizer.

Tanto o chefe quanto o detetive Hauer piscaram da mesmíssima forma, incrédulos. Será que nunca tinham visto uma adolescente evasiva antes?

— Mas nós preferiríamos que nos contasse, Srta. Brennan — disse o chefe, falando pela primeira vez. — Nós só estamos tentando descobrir para onde o Thomas pode ter ido. Às vezes as pessoas deixam de perceber a importância das pequenas coisas. Só estamos tentando descobrir se sabe de alguma coisa que possa nos ajudar. Só isso.

— Ah. Tá. É que... eu descobri que ele estava mentindo para mim — disse.

— Sobre o quê?

— Ele me disse que tinha contado aos pais que estávamos namorando, mas eu descobri que não tinha — expliquei. Não era uma mentira completa. Eu tinha mesmo descoberto isso, só que dias depois. — Então fiquei chateada, e nós rompemos.

— Foi? — disse o detetive, erguendo as sobrancelhas.

— Foi. Mas depois nós voltamos — falei. — Sabe como é.

E dei umas risadinhas. O detetive esfregou as têmporas e deu um suspiro. Eu parecia uma garota frívola. Frívola, burra e nervosa.

— Quando foi que voltaram? — perguntou finalmente o detetive, fazendo uma anotação na folha de papel.

— Na sexta de manhã — respondi, com firmeza.

Seja autoconfiante, Reed. Não era tão ruim assim. Eu podia responder às perguntas. Não tinha nada a esconder.

— Sexta de manhã?

Eles pareceram ficar muito intrigados com esse fato.

— Foi.

— Então foi na manhã do dia do desaparecimento do Thomas — disse o detetive.

Pigarreei. *Por que tinha pigarreado?*

— Perdão — disse, tossindo. — Sim.

— Quando foi que falou com o Sr. Pearson pela última vez? — indagou o detetive.

— Foi naquele dia. Quero dizer, naquela manhã. No meu...

Não. Não pode dizer isso. Não pode receber garotos no quarto do alojamento, sua burra. Se disser isso vai levar um pé na bunda antes de ter tempo de dizer "Natasha Crenshaw". Os olhos da Sra. Naylor estavam abrindo verdadeiras cavernas na parte de trás do meu crânio.

— Quero dizer, *atrás* do meu alojamento — continuei. — Antes do café da manhã. Mas não moro mais lá. No Alojamento Bradwell, quero dizer. Agora estou no Billings. Caso precisem saber para o seu... seja lá o que for.

Cala essa boca! Cala essa boca! Cala essa boca!

— E não o viu mais depois, durante o resto do dia? — perguntaram.

Pigarreei outra vez. Pelo jeito, eu estava virando o meu avô.

— Não. Tentei ligar para ele algumas vezes, mas caía sempre no correio de voz.

— Srta. Brennan, o Thomas Pearson entrou em contato com você de alguma forma depois da última vez em que o viu? — indagou o detetive.

Pronto. Eles finalmente tinham feito aquela pergunta.

— Srta. Brennan? Thomas entrou em contato com você?

Entrou, sim.

Não entrou, não.

Sim, entrou.

— Não — respondi.

— Não ouviu mais falar dele?

Bom, tecnicamente, não. Não ouvi ninguém dizer nada. Eu tinha lido um bilhete, mas não ouvi nada.

— Reed?

— Não. Não ouvi mais, não.

Será que eles podiam pedir um mandado de busca para o quarto de uma adolescente no alojamento? Talvez nem mesmo precisassem disso. Talvez já estivessem revistando meu quarto. Talvez estivessem me prendendo ali enquanto seus capangas reviravam minhas coisas. Eu precisava queimar aquele bilhete. Tinha que voltar para o meu quarto e queimar o bilhete agora.

— Não ouvi mais nada.

O detetive e o chefe ficaram me olhando durante muito, muito tempo. Tempo suficiente para eu me lembrar do conselho da Ariana, de que eu devia estar preparada para aquilo, que devia saber de antemão o que dizer. Tempo suficiente para eu começar a suar. Tempo suficiente para eu imaginar como devia ser estar no banco de trás de uma viatura de polícia, sendo levada para um interrogatório mais detalhado na delegacia.

Seria por isso que ela havia me alertado? Será que ela estava só tentando facilitar a minha vida? Talvez não desconfiasse de mim. Talvez estivesse só querendo me ajudar.

Droga! Por que eu não tinha seguido sua recomendação?

— Não mesmo?

— Não, nada.

Essas eram as duas únicas palavras das quais eu podia me lembrar e que podia dizer.

Não, nada. Não, nada. Não, nada. Não, nada. Se eu me convencesse disso, talvez também os convencesse.

— Muito bem, então, Srta. Brennan — disse o chefe, finalmente. — Obrigado pela sua ajuda.

AMIGA MODELO

Quando saí da sala, me senti vazia por dentro. Senti como se tivesse sido usada, espremida e jogada fora. Sentia que precisava tirar um cochilo. Fechei a porta às minhas costas, encostei-me na parede fria de tijolos e soltei o ar dos pulmões. Olhei para o teto, onde um lustre de vidro opaco zunia.

Meu Deus, por favor, faça o Thomas voltar logo. Ou ligar para alguém. Qualquer coisa. Eu só quero que tudo isso acabe.

— Você está bem?

Kiran levantou-se do banco de madeira do outro lado do corredor, esticando as pernas compridas e fechando o estojo de pó compacto. Tinha acabado de retocar a maquiagem, uma nova camada de brilho labial reluzente e rímel para alongar os cílios. Como sempre, parecia que havia acabado de sair de uma passarela em Milão, ao passo que eu provavelmente parecia ter sido atropelada por um caminhão.

— O que está fazendo aqui? — perguntei, meu coração quase saindo pela boca. Pensei que estivesse sozinha.

Ela me olhou como se eu tivesse acabado de sugerir que ela passasse a usar produtos da Cover Girl.

— Queria só ver se você estava bem, ora. Eu, hein! Desculpe pela intromissão.

— Você queria ver se eu estava bem? — indaguei, pasma.

— Sim. Ouvi dizer que era a próxima da lista e pensei, sabe como é, que talvez fosse... difícil para você — disse ela, quase relutante. — Mas se quer ficar sozinha...

E afastou a franja dos olhos, virando-se para sair. Eu a detive, colocando a mão em seu braço. O veludo do casaco dela era tão macio que na mesma hora recolhi a mão, com medo de danificá-lo.

— Não, tudo bem — falei. — Obrigada por ter vindo.

De todas as Meninas do Billings, eu teria pensado que a Kiran seria a última a demonstrar algum tipo de afeição publicamente. Por mim, pelo menos.

Ela me olhou da cabeça aos pés e me deu um sorrisinho.

— Não tem de quê. Vamos. Antes que a Naylor me encontre fora da sala de aula. Essa mulher vem tentando me pegar de surpresa desde o início do ano.

Juntas nós percorremos o corredor, andando depressa, e descemos pela escada dos fundos. A mesma escada pela qual eu tinha descido correndo na noite em que ela e as amigas me pediram para roubar um gabarito de teste de física de uma das salas do primeiro andar.

Bons tempos. Eu tinha ficado tão apavorada com aquela missão que quase havia me descontrolado. Agora roubaria um gabarito toda noite se todos os outros problemas simplesmente desaparecessem.

Kiran me levou até o térreo e abriu as portas que davam para os fundos do prédio.

— Tem de voltar para a sala de aula? — perguntou ela, colocando os óculos escuros Gucci.

— Não, disseram que eu podia passar o resto do dia na biblioteca — respondi, tirando meu passe amarelo do bolso.

— Legal — disse Kiran, balançando a cabeça.

Ela começou a andar pelo caminho sinuoso que levava à biblioteca. Eu tinha mais ou menos uma dúzia de perguntas para fazer. Como ela havia descoberto que eu ia ser entrevistada e como tinha saído da sala de aula, por exemplo. Por que tinha dito que a Naylor estava tentando pegá-la de surpresa desde o início do ano. Mas não fiz nenhuma delas.

— E aí, como foi? — perguntou Kiran, olhando direto para a frente. Ela cruzou os antebraços sobre o peito, apertando os braços com as mãos enquanto andava. Suas botas de salto alto estalavam ao passarem sobre as pedras do caminho.

— Tudo bem. Meus nervos estão em frangalhos — disse.

— Por quê?

— Não sei. A polícia já conversou com você, né? — perguntei.

Ela confirmou.

— Não é horrível o jeito como te olham? Como se fosse culpada de alguma coisa?

— Eles não me olharam assim — disse Kiran.

Ah! Isso fez eu me sentir bem melhor.

— Além disso, não é a primeira vez que a polícia me interroga — continuou, entediada.

— É mesmo?

— Vivo sendo perseguida por tarados — esclareceu, com toda a naturalidade. — A polícia sempre me faz perguntas, como se eu tivesse provocado a situação. Como se eu fosse culpada por esses malucos passarem horas diante do computador vendo fotos minhas e se masturbando.

Ai, que nojo!

— O que eles te perguntaram? — indagou.

Inspirei profundamente e tentei apagar a imagem mental de algum cara gordo e meio careca, de regata, sentado diante de uma telinha brilhante...

Revoltante. Recado para mim mesma: nunca seja famosa.

— Provavelmente a mesma coisa que perguntaram para todo mundo — respondi.

— Duvido — disse Kiran, rindo. Depois, notando meu olhar surpreso, acrescentou: — Você é a namorada dele.

— Acho que sim. Sei lá — falei, acompanhando-a a custo e chutando folhas caídas pelo caminho. — Eles me perguntaram como era o meu relacionamento com o Thomas, quando tinha sido a última vez que o vi...

— E o que disse?

— A verdade — respondi. — Eu o vi na manhã de sexta-feira.

— E só? — indagou. — Quero dizer, só estou curiosa.

— Bom, eles também perguntaram se ele havia me ligado ou se eu tinha ouvido alguém dar alguma notícia dele — acrescentei, querendo me encolher toda, mesmo agora.

— Entendo... — disse ela.

— E eu lhes disse que não — continuei. Ela me olhou pelo canto do olho, como quem diz: *Duvido!* — Acontece que não ouvi nada mesmo! — acrescentei. — Por que é tão difícil as pessoas acreditarem em mim?

Será que todos aqui são telepatas?

— Porque se ele entrasse em contato com alguém teria sido com você — disse Kiran, sem rodeios. — Thomas é famoso por fazer das namoradas as pessoas mais importantes de sua vida. Ele é muito carente. Faz isso com qualquer pessoa com quem resolva ficar.

— Namoradas, é?

Kiran abaixou o queixo e olhou para mim por cima dos óculos escuros.

— Pelo amor de Deus, você pensou que tinha sido a primeira? De que planeta você veio?

Que... quem? Será que eu as tinha conhecido? Será que estavam na Easton? Quem eram elas?

— Não — disse, zombando. — É que... ele não tinha esse tipo de problema comigo, só isso.

— Você é que pensa — disse Kiran.

Chegamos à porta da biblioteca. Kiran parou e tirou os óculos. Olhou para mim com aqueles seus olhos deslumbrantes, e até me senti honrada por ela se dignar a fazer isso.

— Escute, não se preocupe com a polícia — disse ela. — Pelo menos essa parte já passou. Você contou a eles tudo que sabe e agora não vai ter mais que se preocupar.

Eu me senti melhor durante uma fração de segundo, provavelmente porque Kiran estava mesmo querendo me consolar. Essa sua atitude por si só já me fazia sentir melhor. Talvez estivéssemos mesmo nos tornando amigas. Mas o que ela não sabia era que eu não tinha contado tudo à polícia. Nem de longe.

— Quero dizer, você não fez nada, certo? — acrescentou.

— Obrigada — agradeci. — Sério. Obrigada por ter vindo.

Kiran estalou a língua.

— Deixe disso. Não suporto sentimentalismo.

Dei um sorrisinho.

— Valeu.

Kiran voltou a colocar os óculos no rosto, abriu a porta da biblioteca e entrou em direção ao silêncio reconfortante e mofado que me aguardava.

— Aproveite — disse ela, sarcasticamente.

— Sei — respondi, zombeteira.

Na verdade, estava ansiosa por passar a hora seguinte naquela paz e naquele silêncio mais do que por qualquer outra coisa durante aquele ano inteiro.

A ARMA PERFEITA

Depois do gesto surpreendente de Kiran, percebi que não ia poder espionar nem ela, nem as outras, de jeito nenhum. Nem pensar. Elas eram minhas amigas, afinal de contas. Natasha ia ter de entender aquilo. Simplesmente ia ter de entender.

Depois de mais uma rodada de trabalho doméstico, voltei me arrastando para o quarto, decidida a pôr fim naquela loucura. Parei diante da porta e inspirei profundamente o ar. Dava para ouvir Natasha se movimentando lá dentro. Era agora ou nunca. Ia ter de lhe dizer para esquecer o assunto. Ia ter de apelar para a sua consciência. Não era possível que ela não tivesse uma, bem lá no fundo, senão não se preocuparia tanto assim com Leanne, em fazer justiça em nome dela. Precisava convencê-la de que o que estava fazendo comigo era tão errado quanto o que achava que Noelle e as amigas haviam feito com Leanne.

Tinha de funcionar.

— Precisa abrir a porta para entrar, novata — disse Cheyenne, me assustando, quando dobrou a esquina. — A menos que tenha superpoderes que a gente não conheça.

Retribuí o comentário com um olhar fuzilante e entrei no quarto. A cama de Natasha estava coberta de material de escritório, um monte de canetas, uma pilha de *post-its* e outra de clipes. Ela estava de pé, tirando vários blocos e cadernos da última gaveta da cômoda e jogando-os perto das almofadas. Pelo jeito, estava fazendo arrumação.

— Foi ótimo você chegar — disse ela. — Quero um relatório.

— Relatório?

— Sobre o nosso plano — disse Natasha, impaciente. — Ou será que nossa conversa ainda não te convenceu? Por que posso lhe mostrar aquelas fotos de novo agora mesmo, só para te lembrar. — E fez menção de pegar o computador, que também estava sobre a cama.

Pelo jeito ela não tinha nem um pingo de consciência.

— Não, não precisa — respondi, contrariada.

Ergui a mochila acima da cabeça e a joguei na minha cama desfeita. As meias que eu tinha usado para dormir na noite anterior estavam amassadas e sujas no chão, e havia latas de refrigerante vazias espalhadas na minha escrivaninha. Uma coisa que nunca se diz nos contos de fadas é que o quarto da Cinderela era o mais sujo e desarrumado da casa.

— E aí? Sei que esteve fazendo limpeza desde o jantar — disse Natasha, cruzando os braços sobre o moleton da Easton. — Encontrou alguma coisa?

Aquela conversa não ia ser nada boa.

— Não.

Seus olhos arregalaram-se como os de uma boneca.

— Nada? Reed, estou começando a pensar que não está dedicando cem por cento da sua atenção a essa tarefa.

— Natasha, elas são minhas amigas — falei, sentindo-me desesperada. — Não quero fazer isso.

Natasha piscou. Por um momento, pensei que tinha conseguido fazê-la mudar de ideia.

— Mas acontece que vai ter de fazer — disse ela, parecendo uma menininha petulante de cinco anos.

Se aquele era seu argumento mais forte, eu tinha alguma chance.

— Será que não tem algum outro jeito de você resolver isso? — indaguei.

Natasha foi até o meio do quarto e ficou me encarando.

— Você não entende, né? Eu não posso pedir a elas que confessem. Se eu disser uma palavra que seja, vão procurar tudo que possa ser usado contra elas e esconder direitinho. São impenetráveis, a menos que as peguemos de surpresa. A única fraqueza delas é a autoconfiança. Elas nunca imaginariam que você agiria pelas costas delas, e é por isso que você é a arma perfeita.

Olhei para Natasha, horrorizada. Ela realmente tinha pensado em todos os detalhes. Em todos mesmo. E era totalmente maluca

— Nem pensar. Para enfrentá-las, preciso de provas — disse Natasha. — E não posso conseguir essas provas sem você.

— Natasha...

— Será que preciso te lembrar para onde você vai se a expulsarem daqui?

Tudo dentro de mim gelou.

— Como assim?

— Pesquisei sua cidade na Internet — disse ela. — Bem pitoresca, tem sua própria câmara de comércio e tudo. Será que vocês ficaram mesmo tão entusiasmados como dizem quando abriram aquela lanchonete Blimpie nova por lá no ano passado?

Cerrei os punhos.

— Pelo jeito, também deve ter uma faculdade comunitária — disse Natasha. — Aposto que as pessoas se dão muito bem na vida depois que se formam lá.

— Você está mesmo perturbada — disse eu, entredentes.

— E você errou de novo — disse Natasha. — Sou a única mentalmente sadia aqui. Noelle e as suas capangas é que são perturbadas. Talvez, se você fizer o que eu mandei fazer, comece a entender isso. — Ela se virou e voltou para a cama, abrindo o laptop. — Ou então eu posso simplesmente enviar esse e-mail...

— Não! — gritei. Natasha parou, os dedos acima das teclas. — Não mande — pedi, resignada. — Eu vou procurar essas provas. Mas acho que não vou encontrar nada.

Natasha fechou o laptop com um estalido.

— Claro que não, queridinha! — disse, condescendente. — Claro que não!

COISA DE LOUCO

Na manhã seguinte, me levantei antes de o sol emitir sequer um raio de luz acima dos morros que cercavam a Easton. Se eu ficasse ali deitada, de olhos abertos, como tinha estado a noite inteira, não iria descansar mesmo. Eu tinha ficado olhando para a parede e me imaginando sendo surpreendida por Noelle, Ariana, Kiran e Taylor de um milhão de formas diferentes. Imaginando o que fariam, como reagiriam. Em uma versão dessas fantasias, Noelle batia na minha cabeça com um bastão de beisebol, espalhando sangue e miolos em cima das suas melhores amigas. Mas acho que talvez eu estivesse adormecendo quando isso me ocorreu, porque foi em parte sonho. De qualquer forma, isso me manteve acordada durante as três horas seguintes.

Então me levantei, fiz minha cama, arrumei minhas coisas e tomei um banho. Natasha ficou virando para um lado e para o outro na cama, resmungando sempre que eu fazia um barulho mais alto que um sussurro, mas não disse nada. Ótimo. Afinal de contas, eu estava fazendo tudo isso por causa dela.

E por minha causa. E pelo meu futuro.

Logo todas as meninas começaram a se levantar, e pude sair para passar o aspirador. Algumas me cumprimentaram quando desceram as escadas, outras nem falaram comigo. Não me importei muito. Só conseguia pensar no que ia fazer.

Estava escondida nas sombras, no fim do corredor, quando Kiran e Taylor saíram juntas, discutindo se valeria a pena fazer as malas para uma viagem dentro do país. (Taylor era a favor, Kiran era contra.) Tremendo como se estivesse para encontrar com meu carrasco, esperei até dobrarem a esquina, depois entrei depressa no quarto delas. No segundo em que me peguei lá dentro, percebi que não precisava ter me esgueirado como uma assaltante. Era mesmo para eu estar ali. As camas estavam desfeitas, havia montes de roupa suja para lavar, o banheiro estava imundo. Eu podia ter entrado enquanto ainda se vestiam, que elas nem se incomodariam. Deviam até estar esperando que eu chegasse. Era um tremendo exagero da minha parte.

Acalmando-me ligeiramente, comecei a fazer as camas. Ia primeiro cumprir com minhas obrigações, depois espionar um pouco. Assim, se tivesse de sair de repente, já estaria tudo feito. Depois de me certificar de que estava tudo arrumado, fiquei parada no meio do quarto, olhando em volta. Por onde começar?

Olhei primeiro para o armário de Kiran. Era melhor começar com o meu lugar preferido do quarto. Fui até ele e pus as mãos nas maçanetas que abriam as portas de correr. Prestei atenção para ver se ouvia algum barulho. Alguém estava tomando banho em outro quarto, mas só ouvi isso.

Preparei-me; estava ali por um motivo e estava fazendo aquilo porque estava sendo obrigada. E abri as portas, de uma só vez.

Muito bem. Não se distraia com essas roupas de grife que valem milhares e milhares de dólares. Você só quer acabar com isso.

Várias pilhas de três caixas de sapatos cobriam o chão, pelo menos doze, uma ao lado da outra. Eu me ajoelhei e abri a primeira caixa. Escarpins pretos de salto alto fino. A outra, embaixo dessa, tinha sandálias bege. E a terceira da pilha, sandálias vermelhas, de saltinho. Meu Deus, aquele armário era de deixar qualquer menina doida.

Concentre-se. Quer garantir seu futuro ou experimentar sapatos?

Escolhi meu futuro. Uma a uma, abri todas as caixas, e só encontrei sapatos, sapatos e mais sapatos. Depois, começavam as bolsas. Fui subindo por prateleiras de bolsas grandes, sacolas e carteiras, até as prateleiras de suéteres, acima do suporte dos cabides. Já estava toda suada. Aquilo ia levar uma eternidade.

Arrastei a cadeira da escrivaninha de Taylor até o armário e subi nela, afastando a primeira pilha de suéteres para um lado cuidadosamente, para que não desse na vista que alguém tinha mexido nela. E aí vi uma coisa estranha. Era um enorme NÃO! escrito em preto e branco.

Ora... Só isso já incriminava qualquer um. Tirei duas pilhas de suéteres, colocando-os na cama de Kiran com todo o cuidado. Subi de novo na cadeira para olhar melhor. Ali, metida no canto mais inacessível e escuro do armário estava uma caixa marrom com recortes de revista colados por fora e um cadeadozinho. Parecia até algo saído da casa de um *serial killer*.

NÃO!

VÁ EMBORA!

NÃO ABRA!

Morrendo de curiosidade, estiquei o braço para pegar a caixa e a puxei para perto de mim. Era pesada, feita de madeira. Entre as palavras e as letras coladas às pressas, estavam recortes de figuras de animais de fazenda. Porcos e vacas, principalmente. Que diabo era aquilo?

Peguei o cadeado, achando, é claro, que estivesse trancado, mas ele abriu na hora. Meu coração batia descompassado. Tirei o cadeado e abri a caixa devagar. A primeira coisa que notei foi a figura de uma bunda imensa de mulher, cheia de celulite, em um maiô florido, colada por dentro da tampa da caixa. A segunda foi o cheiro de glacê.

Ai. Meu. Deus.

A caixa estava cheia de guloseimas. Chocolates, balas, cookies, ayscakes, brownies, marshmallows. Era um horror. Se ela vivia tão preocupada em evitar esse tipo de alimento, porque havia tido o trabalho de fazer uma caixa para guardar aquilo tudo, uma caixa feita para mantê-la afastada? Seria algum tipo de tortura?

Notei um caderninho encostado na lateral da caixa e afastei alguns chocolates para tirá-lo. Dentro dele havia uma anotação correspondente ao dia 9 de setembro. Logo abaixo, todas as coisas que Kiran tinha comido naquele dia e o teor calórico delas. No final da lista, estava escrito: "Vinte Oreos". E, ao lado disso, em garranchos psicóticos, as palavras "Não, não, não!".

Levei a mão à boca. Coitada da garota, coitadinha mesmo. Isso já não era nem um distúrbio alimentar, estava mais para uma doença grave. Kiran estava lutando como uma desesperada.

Virei a página do caderno. No dia seguinte, ela não tinha consumido açúcar algum e desenhou uma carinha sorridente ao lado dessa declaração. Mas em todos os dias depois desse havia mais guloseimas e mais repreensões severas e psicóticas.

Então Kiran não era perfeita como queria que o mundo pensasse. Pelo comportamento impassível e a forma natural como ela escolhia seus alimentos na hora das refeições, eu nunca teria adivinhado. Por mais que sentisse pena dela, não posso dizer que não foi bom ter descoberto isso. Até consolador saber que alguém assim perfeito não existia. Mas, é claro, isso nada tinha a ver com Leanne.

Relutante, meti o diário de alimentação onde o havia encontrado e recoloquei no armário todas as coisas de Kiran. Não tinha encontrado no armário dela nada ligado ao que Nathasha procurava.

Seria isso bom ou ruim?

Como ainda restavam alguns minutos decidi olhar embaixo da cama de Taylor. Tirei algumas caixas cheias de livros e cadernos. Quando puxei uma delas, uma resma de papel de impressão explodiu, espalhando folhas pelo quarto inteiro, que caíram flutuando no chão.

— Ih, que merda! — falei, baixinho, juntando as folhas. Elas deviam estar todas empilhadas no alto de uma das caixas. Não ia conseguir colocá-las na ordem certa de jeito nenhum.

Tomara que estejam numeradas. Por favor, meu Deus, por favor.

Enquanto guardava tudo, percebi que não importava que as folhas estivessem numeradas. Todas as páginas estavam preenchidas com a mesma frase digitada várias vezes em sequência:

Sou boa o bastante. Sou boa o bastante. Sou boa o bastante. Sou boa o bastante.

E aí abafei uma risada de surpresa. Não consegui evitar. Mas me senti culpada na mesma hora. Taylor com certeza estava perdendo o juízo. Naturalmente, eu achava que todos os gênios eram assim meio desequilibrados. Mas aquilo era ridículo. Cinquenta páginas, pelo menos, só daquilo? Ela era a menina mais inteligente que já havia estudado na Easton. Não podia acreditar que precisasse desse tipo de afirmação. Quando é que tinha tempo para se sentar e fazer aquilo, afinal?

Guloseimas escondidas e afirmações obsessivas. Não admira que fossem colegas de quarto. Será que uma sabia o que a outra escondia? Talvez, se soubessem, poderiam até se ajudar.

— Taylor! Anda logo! — gritou alguém lá de baixo.

Ouvi barulho de passos na escada.

— Eu só tenho de ir pegar a agenda! — respondeu Taylor. Estava no corredor, vindo para o quarto.

Tremendo muito, meti os papéis de volta no alto da caixa e a empurrei para debaixo da cama. Depois a segunda, depois a terceira. A terceira caixa ficou presa na perna da cama, e eu estava terminando de encaixá-la no lugar quando a porta se abriu. Fiquei de pé, ajeitei o suéter e olhei firme nos olhos surpresos de Taylor.

— Reed! Nossa! Você me assustou! — disse ela, olhando de relance para a cama depois.

— Desculpa. Eu estava acabando de arrumar o quarto — respondi.

— Ah, tudo bem — falou ela, vindo meio hesitante na minha direção. Era quase como se soubesse o que eu tinha descoberto. Agarrou o PDA em cima da mesinha de cabeceira e sorriu. — Venha. Vamos... tomar café.

— Tá. Só preciso pegar minha mochila.

— Ah, Reed — disse ela, fazendo uma pausa ao sair para o corredor. Revirou a mochila e tirou dela uma folha de papel impressa protegida por uma capa azul-clara. — Você entende de autores clássicos, né?

Fechei a porta às minhas costas.

— Entendo.

— Queria te pedir para ler este meu trabalho — continuou ela, entregando-o a mim. — Sei que estou um ano à sua frente, mas preciso que alguém revise isto antes de eu poder entregá-lo. Só quero ter certeza de que está... bom o bastante.

Bom o bastante. Bom o bastante. Bom o bastante. Bom o bastante.

Ai, meu Deus...

— Tenho certeza de que está ótimo — respondi com firmeza. — Todos sempre dizem que você é a pessoa mais inteligente que já frequentou esta escola.

— É isso que dizem — disse Taylor, dando um sorriso sem graça. — Mas, mesmo assim, gostaria que me ajudasse.

— Claro! Vou ler seu trabalho hoje mesmo — falei, recuando.

— Aonde vai? — indagou.

— Ao meu quarto. Pegar minha mochila, lembra? — expliquei.

— Ah, sim. Está bem. Te vejo lá embaixo! — disse Taylor, animada. — Ah, Reed, só mais uma coisa: obrigada.

— De nada.

Voltei correndo para a segurança do meu quarto, fechei a porta e dei uma olhada no tal trabalho. Coitada da Taylor. Ela precisava que alguém do segundo ano lhe dissesse que seu trabalho estava bom? E Kiran! Quem diria que aquelas amantes da perfeição podiam esconder segredos assim?

As outras meninas da escola dariam a vida para terem informações como essas. Infelizmente, havia alguém que nem se importava: Natasha. Só uma informação lhe interessava, e eu não tinha encontrado. Ainda.

CUPIDO

Sábado foi um dia de outono maravilhoso, com um vento fresco e um céu tão azul que parecia até de mentira. Um dia perfeito para jogar futebol. Um dia perfeito para descontar uma dose de agressão contida nas nossas adversárias da Escola Barton, que nem suspeitavam dessas intenções. Folhas alaranjadas, marrons e amarelas bailavam sua dança estalante pela grama orvalhada enquanto Josh, Noelle, Kiran, Taylor e eu nos dirigíamos ao estacionamento, onde vários ônibus estavam estacionados, esperando para nos levar para Barton. Taylor e Kiran jogavam hóquei sobre grama, e o seu jogo ia ser no campo ao lado do nosso. Basicamente, ia ser um massacre: apitos, gritos e ossos esmagados. Eu estava louca para começar.

— Ai, meu Deus, que vontade de voltar agora mesmo para a cama! — disse Josh, esticando os braços acima da cabeça. — Acho que comi panquecas demais esta manhã. Estou acabado.

— Nossa, você vai ser mesmo muito útil no campo hoje — provoquei.

Josh, como eu, jogava na zaga do time masculino, claro.

— Não sei como consegue comer essas coisas — disse Kiran, cruzando os braços sobre a barriga enquanto contornávamos uma curva sob um túnel de folhas coloridas. — Só as calorias que elas têm duram uma semana inteira.

— Como se você soubesse o que é consumir calorias que durem a semana inteira — brincou Noelle. — Até mesmo *durante* uma semana inteira.

— Ei! Eu sei! Sei sim! Vocês já me viram comendo — respondeu Kiran, ficando histérica de repente. — Você já me viu comendo, não é, Reed?

— Hã... vi — respondi. Porque tinha visto mesmo. Até descobrir aquela caixinha esquisita, eu nunca teria pensado que Kiran era uma garota perturbada. — Claro que come. E aliás, você está linda.

Um elogio não faria mal, faria?

— Está vendo? — disse Kiran, triunfante. — A Reed já me viu comendo.

— Está bem, está bem, acalme-se, não precisa ficar assim — disse Noelle.

— Eu voto por uma mudança de assunto — interveio Taylor, lançando a Kiran um olhar preocupado. Talvez ela soubesse o que havia no armário da amiga.

— Muito bem. Reed, como é que vai seu namoro com o Whittaker? — indagou Noelle.

Olhei meio ressabiada para o Josh, que de repente ficou muito interessado na árvore mais próxima.

— Como vai o quê?

— Ele já te pediu para *namorar firme*? — indagou Kiran, sarcasticamente, fazendo Taylor dar uma risada.

— Ah é, por acaso ele já te deu o *pin*?* — indagou Taylor.

— Parece que ele veio do século passado, não parece? — falei. — Como se todas nós vivêssemos nos anos 1960, usando saias rodadas estampadas com poodles e rabos de cavalo bem no alto da cabeça.

— Acho isso super-romântico — disse Noelle. — Pelo menos ele é um cavalheiro.

Kiran, Taylor, Josh e eu ficamos calados. Noelle parou alguns metros à nossa frente e virou-se, dando um suspiro exasperado.

— Algum problema? — perguntou Noelle.

— Acho que sim. Você acabou de elogiar alguém sem nenhuma pitada de sarcasmo ou malícia — disse Kiran.

— Não um simples alguém. É Walt Whittaker — observou Taylor.

— Está se automedicando de novo? — indagou Kiran.

— Kiran, você é modelo. Não venha com essa pra cima de mim — disse Noelle, o que fez Josh rir. — A questão é que, para quem não sabe ainda, eu armei todo esse lance para a Reed conhecer o cara. Isso significa que é minha responsabilidade não zombar dele, pelo menos não antes de os dois terem ido para a cama.

Que vulgar! Todos tivemos de soltar um gemido ao ouvir aquilo.

— Mas nós não vamos... sabe como é... fazer isso — disse a eles, com bastante convicção. — Somos apenas amigos.

— Você tem certeza? — disse Noelle, dando um passo na minha direção.

---

*Nos anos 1950 e 1960, quando um rapaz dava um *pin* de uma fraternidade estudantil para uma moça, era um sinal de que queria namorar firme. (*N. da T.*)

Ergui o queixo. Ela podia me obrigar a passar o aspirador no quarto dela, limpar sua escova de cabelos e engraxar seus sapatos, mas não podia me dizer quem eu devia namorar. Eu precisava mostrar qual era o meu limite. Josh me observava com grande atenção.

— Tenho — confirmei.

— Talvez seja melhor dizer isso a ele — provocou Noelle, virando-me para um lado e apontando. Whit estava vindo em nossa direção com um sorriso ansioso no rosto à medida que se aproximava de mim. — Porque essa não é a cara de quem vem falar com uma amiga.

— Bom-dia a todos — disse Whit, cumprimentando-nos de leve com a cabeça. — Como sentem-se neste lindo dia?

— Estamos ótimos, Whit. Obrigada por perguntar — respondeu a Noelle, passando o braço ao redor dos ombros de Kiran, que se virou e riu com o rosto encostado na jaqueta da amiga. — Vamos deixar vocês dois a sós, não é?

— Claro! Tchau, Whit! — disse Taylor. Depois as três se afastaram, de braços dados, na direção do ônibus, e me deixaram fervendo de raiva ao lado de Whit.

— Até mais! — disse Josh, antes de também se afastar a passos largos.

— Tchau! — falei bem alto como se, de alguma forma, isso fosse trazê-lo de volta para me salvar.

— Oi, Reed — disse Whit, com uma voz meio rouca. — Como vai?

— Bem — respondi. Virei-me e andei na direção do ônibus também. Ele, naturalmente, alcançou-me e começou a andar ao meu lado. — Como vai você?

— Estou bem — disse ele, balançando a cabeça afirmativamente. — Obrigado por perguntar.

Tínhamos chegado ao ponto onde começava o estacionamento. Os diversos times estavam juntos, em grupinhos, enquanto os motoristas dos ônibus e os treinadores tentavam determinar que ônibus ia para que lugar. Uns dois times masculinos já haviam saído para outras escolas e pelo jeito tinham feito alguma confusão. Parei e dei um suspiro. Parecia que as minhas esperanças de entrar no ônibus e sair dali já tinham sido frustradas.

— Que é que você joga? — indagou ele.

— Futebol.

— Esporte violento — disse ele. — Você parece delicada demais para um esporte tão bruto.

— Você não me conhece — respondi, um pouco mais asperamente do que pretendia.

Whit, porém, não pareceu notar. Só sorriu para mim, durante alguns instantes, como se eu tivesse dito algo engraçado. Comecei a ficar meio sem jeito. E então, depois de algum tempo, ele ficou sério.

— O que foi? — perguntei.

— Você não está usando os brincos — disse ele.

Ele estendeu a mão e tocou o lóbulo da minha orelha, apertando-o de leve entre o polegar e o indicador. Inclinei a cabeça e dei de ombros.

Não dava para acreditar. Será que ele não se mancava? Talvez eu devesse simplesmente contar que já tinha um namorado. Só que eu não tinha mais, graças ao bilhete secreto de rompimento de Thomas. Não que qualquer um, a não ser eu, soubesse disso.

Meu Deus, como eu queria que Thomas estivesse ali naquele momento. Para eu poder esganá-lo.

— Não... não combinam com jogo de futebol, não acha? — falei.

— Mas você não os usou ainda, desde que ganhou — disse ele. — Não gostou deles?

— Não é isso. É que...

Pelo canto do olho vi Constance esperando com o resto do time de *cross country*. Ela estava me observando, observando nós dois, com muita atenção. Disfarçadamente, virei a mão com a palma para fora, do lado do corpo, e flexionei os dedos, chamando-a.

— É que eles parecem brincos para ocasiões especiais — expliquei a ele. — São bonitos demais para se usar no dia a dia.

Constance se moveu ligeiramente em nossa direção. Fiz sinal de novo para que ela se aproximasse.

— Mas o joalheiro me disse que eram para ser usados no dia a dia — protestou Whittaker. — Por isso eu os comprei. Para você usar todos os dias.

Alguém atrás de mim soltou risadinhas. Que gente fofoqueira! Eu não estava gostando nada do papo dele, e a última coisa de que precisava era de alguém ouvindo aquilo. Fiz a única coisa que me passou pela cabeça. Sacrifiquei uma amiga.

— Constance! — disse bem alto, virando a cabeça, e arregalando os olhos. — Ei! Eu te procurei por toda parte!

Se alguém tivesse de ganhar um troféu pelo melhor olhar assustado do ano, esse alguém seria Constance. Ela ficou paralisada onde estava, com os olhos arregalados. Depois virou a cabeça, olhando para Whittaker, e seu rosto se transformou por inteiro. Um sorriso sedutor, a cabeça inclinada como quem está flertando, faces rosadas.

— Oi, Reed — disse ela. — Oi, Walt.

Por um momento, Whittaker pareceu ofender-se tanto pela interrupção quanto pelo uso informal do seu nome. Mas aí sua expressão mudou, e ele sorriu.

— Constance! Constance Talbot! Meus pais me disseram que estava matriculada aqui neste semestre! Como é bom vê-la!

Constance, veio em nossa direção. Whittaker inclinou-se, beijando o rosto de Constance, e eu tive quase certeza de que ela ia fazer xixi nas calças. A felicidade em seu rosto poderia iluminar todo o corpo discente.

— Ah! Vocês se conhecem? — perguntei, tentando ao máximo representar direito. — Mas que legal! Dois dos meus melhores amigos já se conhecem!

Whit me olhou de forma indagadora.

— Fomos colegas de quarto no início do ano — expliquei. — Constance é ótima — falei, passando um dos braços sobre os seus ombros. Ela sorriu abertamente para mim, feliz. — Sabia que ela está escrevendo artigos para a *Gazette*? Devia contar a ele sobre aquele artigo para a primeira página.

Constance enrubesceu.

— Não. Por favor. Não é nada. — E ela lançou a Whit um olhar que lembrava pura adoração. — Eu prefiro ouvir você contar histórias da sua viagem. Foi tão sensacional quanto pareceu?

Muito bem, Constance. Ela havia conseguido tocar no assunto predileto de Whit assim logo de cara. A garota era boa mesmo. Melhor do que ela pensava.

— Ainda mais sensacional do que eu pensava, aliás — disse ele. — A China é um país impressionante. Parado ali próximo à Grande Muralha, a gente entende pela primeira vez a capacidade que o homem tem de...

— Vou deixar vocês colocarem os assuntos em dia — disse, interrompendo antes de ficar ali presa. Por cima do ombro de Constance, vi Noelle e algumas outras meninas do time de futebol finalmente começarem a entrar em um dos ônibus. — Parece que já escolheram quem vai em que ônibus.

Whittaker franziu as sobrancelhas ao olhar para mim.

— Mas...

— Até logo! — gritei, virando-me depois e correndo para o estacionamento.

Subi no ônibus, sentei-me no primeiro banco e me abaixei para espiar pela janela, sem que me vissem. Whittaker ainda estava falando, fazendo amplos gestos enquanto discursava, e Constance assistia a tudo extasiada. De pé ali sob o sol, ela de uniforme da Easton e ele de capa impermeável, os dois formavam um casal perfeito de estudantes de escola particular: deslumbrados e superprivilegiados.

Eu só podia torcer para que Whittaker logo, logo começasse a entender isso também.

NO FUNDO DO BAÚ

Noelle Lange tinha uma quantidade impressionante de coisas. Centenas de CDs em caixas de couro no armário. Meia dúzia de caixas forradas de seda com colares, pulseiras e brincos, todos misturados, a maioria cara demais para ser tratada daquele jeito. As gavetas estavam transbordando de fotos, cartões-postais e convites para eventos beneficentes e desfiles de moda. Canhotos de bilhetes de teatros londrinos, copinhos de aperitivo de lugares exóticos, três iPods de diferentes cores e tamanhos, estojos de maquiagem cravejados de cristais, braceletes de couro, chaveiros de ouro e couro, velas perfumadas, câmeras digitais, tanguinhas de renda, estojos de manicure, capas de celular. Era uma bagunça interminável. Não fazia a menor ideia de como eu conseguiria descobrir alguma coisa importante no meio daquela tranqueira toda.

Levantei-me depois de fechar a última gaveta da escrivaninha dela e soprei os cabelos caídos sobre o meu rosto. Estava quase com medo de olhar embaixo da cama. O que será que ela guardava ali? Peles ilegais e lingotes de ouro e prata?

Pelo menos eu tinha o tempo a meu favor. Noelle e Ariana haviam ficado de passar a noite na biblioteca estudando para uma prova de inglês daquelas monstruosas. Ou, mais provavelmente, fofocando a noite inteira e confiando que toda a sua sorte e bem-aventurança iriam, como sempre, salvá-las.

Aquela sorte era o motivo pelo qual eu estava ali. Tudo o que eu queria na vida era ter aquela sorte toda. Uma pena que eu ia ter de derrubá-las para conseguir isso. Mas não podia pensar nesse assunto agora. Tinha de continuar trabalhando.

De quatro no chão, estava para erguer o acolchoado de seda dupioni quando vi alguma coisa pelo canto do olho. No chão, um pouco atrás da cômoda dela, vi o pedacinho de alguma coisa vermelha. Curiosa, engatinhei até lá para examinar. Parecia a ponta de uma bolsa de couro envernizado. De repente meu coração ficou a mil. Ali eu devia encontrar alguma coisa boa.

Apoiando uma das mãos na parte dianteira da cômoda, meti o braço atrás do móvel e puxei a bolsa. Era comprida e fina, uma carteira vermelha comum. Encostada nos pés da cama de Noelle, abri o zíper devagar. Dentro dela, havia mais ou menos dez fotos tamanho 10x15cm.

Tirei a primeira e quase tive um troço. Era Dash, completamente pelado. Nu em pelo mesmo. E... como direi... muito... excitado.

Soltando uma risada alta involuntária, virei a foto para baixo, no meu colo.

Ai... Meu... Deus. Será que aquilo era mesmo verdade? Devagarinho, levantei uma ponta da foto e espiei. É, era isso mesmo. Ele estava deitado de lado em uma cama de casal, com a cabeça apoiada em uma das mãos, o peito nu muito bem modelado e o pênis totalmente ereto.

Caramba, aquele cara era mesmo bem-dotado. Podia até ser modelo pornô.

Tirei depressa, então, o resto das fotos. Dash pelado, sentado na beira da cama. Dash pelado de pé, com um sorriso sacana. Dash pelado, Dash pelado, Dash pelado. E a *pièce de résistance*: Dash pelado abraçando um ursinho de pelúcia. Isso sim dava uma boa chantagem. Se eu algum dia estivesse a fim de derrubar Dash McCafferty, já tinha encontrado minha mina de ouro.

Sacudindo a cabeça, meti as fotos de volta na bolsa e a escondi atrás da penteadeira de novo, dessa vez me certificando de que nem uma pontinha estava aparecendo. Ninguém mais devia encontrar aquilo. Era minha boa ação do dia.

Dei um suspiro e decidi procurar no lado do quarto que era de Ariana. Dessa vez olhei primeiro no armário, direto na prateleira de cima, pois tinha sido onde havia descoberto o grande segredo de Kiran. Infelizmente, as prateleiras de Ariana não continham nada escandaloso, a não ser um suéter de crochê rosa que eu nunca a tinha visto usar e, se Deus quisesse, jamais veria. Com certeza era um desses presentes de avó que as pessoas não conseguem jogar fora. Pulei da cadeira da escrivaninha e me abaixei junto ao chão.

Contra a parede dos fundos do armário havia um baú antigo. Ah, aquilo, sim, parecia conter alguma coisa escandalosa. Puxando-o, abri a tampa. Dentro estavam pilhas e mais pilhas de cadernos, exemplares da revista literária da Easton, várias edições da revista *Poetry* e do *Writer's Weekly*, e caixas de lápis e canetas. Ergui uma pilha de revistas e revirei aqueles guardados todos, procurando algo que parecesse fora de lugar. Havia páginas soltas e recortes, cobertos de anotações de Ariana, rascunhos de poemas e listas de ideias. Se eu tivesse mais tempo e um passe livre de Ariana, podia ser que lesse algumas coisas, só que dessa vez não estava ali para isso. Pelo visto o baú parecia que não ia dar em nada também.

Já estava para recolocar as revistas no baú, quando vi um pedacinho de fita marrom minúscula que parecia presa entre o fundo do baú e um dos lados. Como é que aquilo tinha ficado preso ali? Estendendo o braço, dei um puxão na fita, e em seguida prendi a respiração. O fundo do baú tinha se movido mesmo?

O baú tinha um fundo falso.

Com o coração batendo a mil por hora, tirei do baú todas as outras coisas. Sabia que estava me arriscando. Havia uma tonelada de coisas ali dentro, e eu ia levar tempo para guardar tudo de volta. Mas precisava ver o que havia no fundo do baú. Se Ariana estivesse escondendo alguma coisa, tinha conseguido fazer isso muito melhor do que as amigas.

Depois de esvaziar o baú, agarrei a fita e puxei. O fundo inteiro se ergueu. Debaixo dele havia um laptop preto e fino.

Olhei para trás. Ariana tinha um Mac excelente na escrivaninha. Para que uma aluna de ensino médio precisava de um segundo computador secreto?

Peguei o laptop e o coloquei no meu colo. Abri a tampa e apertei o botão para ligá-lo, rezando para ninguém entrar. O computador levou alguns segundos desesperadores para começar a funcionar. O que haveria nele? Seria a prova que Natasha estava procurando? Será que Ariana e as outras tinham mesmo planejado expulsar Leanne? Estava claro que pelo menos Ariana tinha alguma coisa que valia a pena esconder. O esconderijo era elaborado demais para ser apenas uma forma de proteção contra roubo. Principalmente porque todos naquela escola podiam comprar uns quinhentos laptops desses, se quisessem.

— Anda logo — sussurrei —, liga, liga...

Por fim, apareceu uma tela preta com uma janela ao centro.

"Bem-vinda, Ariana", foi o que li. "Digite sua senha."

E depois disso vinha um campo em branco embaixo, com um cursor que piscava, zombando de mim. Não ia conseguir entrar ali sem uma senha.

Merda!

Lá embaixo, a porta da frente do Billings se abriu e fechou com estrondo. Levantei na mesma hora, colocando o computador e o fundo falso no lugar com todo o cuidado e devolvendo o restante. Empurrei-o de novo para dentro do armário, fechei a porta e corri para as escadas, descendo para o meu andar. Só voltei a respirar quando já estava dentro do meu quarto. Encostei-me contra minha porta, arquejante, com a mão sobre o estômago.

Tinha descoberto uma coisa importante. Sabia que tinha. Precisava conseguir a senha daquele computador, mas como? Mal conseguia entender Ariana quando ela falava diretamente comigo, quanto mais deduzir a senha secreta dela.

Não importava como, precisava fazer isso. Porque, se havia algo a esconder, devia estar naquele computador. Eu tinha certeza disso.

CASAL PERFEITO

— Reed! Reed! Espere aí!

Parei nos degraus da biblioteca para esperar Constance, que correu para me alcançar. Seu rosto estava corado, e seus olhos brilhavam de tanta animação. Ela levou a mão ao cora ção ao parar diante de mim, para recuperar o fôlego. Só de olhar para ela, eu já me lembrava de campinas na primavera e flores desabrochando.

— Muitíssimo obrigada por ter me ajudado a falar com o Whittaker naquele dia — disse, exultante. — Nunca teria tido coragem de me aproximar dele sozinha. Ele foi *tão* doce. Conversamos tanto que o Sr. Shreeber teve de gritar para eu entrar no ônibus. A gente acabou se atrasando!

— Nossa, que bom que ajudei.

— Ele me contou sobre a viagem para o Extremo Oriente e me perguntou sobre Cape — continuou Constance.

"Ele se lembrou que a minha família passa todos os verões em Cape. Quero dizer, é natural ele ter lembrado, a família dele já nos visitou lá algumas vezes. Mesmo assim, foi legal ele perguntar, não acha?

— Claro! — respondi, sorrindo também. Era quase impossível não sorrir diante de tanta felicidade.

— Acha que ele estava me cantando? — indagou ela, agarrando o braço com o qual eu segurava meus livros.

— Eu...

— Claro que não! Por que ele me passaria uma cantada? — indagou Constance, puxando-me para um lado, para dar passagem a alguns alunos que queriam chegar à porta. — Ele já me conhece desde que eu era obcecada pelo Elmo — disse ela, olhando para o chão.

— Você era obcecada pelo Elmo?

— Ah, sim, era obcecada pelo Elmo, sabe, da *Vila Sésamo*? Por muito tempo até. Andei agarrada com o boneco dele para tudo quanto era lado até completar nove anos! — confessou Constance. — Houve até um ano em que o meu irmão mais velho, o Trey, jogou o Elmo no mar, e o Whit mergulhou para salvá-lo. — Ela suspirou. Pela primeira vez na minha vida, vi de verdade o que queria dizer a expressão "ver estrelas". Meio assustador. — Nunca vou me esquecer disso — terminou ela.

— Puxa — comentei. — Ele é um herói.

— Ele é, não é? — disse ela, franzindo o nariz. — Bom, mas acho que talvez ele esteja mesmo interessado em mim. Walt Whittaker. Mal posso acreditar. Ele até falou que devíamos jantar juntos um dia desses. Só eu e ele. Para conversar sobre os velhos tempos!

Respirei fundo e senti alívio.

— Constance, mas que fantástico, isso! Eu estou mesmo feliz de tudo ter ido tão bem.

— Eu também! — disse ela. Depois me deu um abraço de urso. Constance era mais ossuda do que aparentava. — Vamos, temos de estudar!

Quando ela me arrastou pela porta para dentro da biblioteca, não pude deixar de sentir como se finalmente tivesse conseguido me desviar de pelo menos uma bala. Se Whit e Constance começassem a namorar, ele ia ter de entender que ela era dez vezes mais adequada para ele do que eu. E também tinha dez vezes mais vontade de ficar com ele do que eu. E aí eu não ia ter de me preocupar em ficar evitando os avanços dele ou tentando fazê-lo lembrar do nosso acordo de sermos apenas amigos. Menos uma coisa para me preocupar.

Eu precisava disso. Precisava demais disso.

DESTINO

Cheguei à mesa do jantar naquela noite no meio de um debate acirrado. Dash sem dúvida estava de um lado, Noelle do outro. Até ali não dava para notar quem mais estava do lado de quem. Enrubesci ao passar por Dash e sentei-me do seu lado da mesa, mas o mais longe dele possível, para que fosse praticamente impossível para mim vê-lo. Desde a minha descoberta ilícita no quarto de Noelle, sentia dificuldade de ficar no mesmo aposento que Dash sem constantemente me lembrar de suas partes íntimas.

Dois segundos depois, Josh sentou-se diante de mim.

— Oi — disse.

Eu sorri.

— Oi.

— Não entendo — dizia Dash. — É só dar um telefonema que vem uma limusine aí e nos pega, e fica nos aguardando em qualquer ponto da cidade. Você quer se sentir desconfortável durante duas horas?

— Dash, você não está entendendo nada. Essa festa tem a ver com tradição — respondeu Noelle, gesticulando com o garfo. — E a viagem de trem faz parte da tradição.

Eles estavam falando da Legado. Só podia ser. As Meninas do Billings nunca tinham mencionado o assunto assim na minha frente, tão abertamente antes. Será que finalmente, finalmente alguém ia me convidar?

— Ela tem razão, cara — falou Gage, inclinando a cadeira para trás e fazendo-a apoiar-se apenas em duas pernas. — A viagem de trem é uma parte importante da diversão.

— É, foi muito divertido quando você vomitou a janela toda a caminho de casa no ano passado e o vômito pingou pelas costas do meu casaco — disse Dash, contrariado. — Eu adorei.

— Olha, a Legado já vem acontecendo há gerações — disse Noelle, mordendo uma minicenoura. — Nossos antepassados pegavam o trem para ir à Legado, e nós também vamos de trem.

— Desde quando você dá importância aos nossos antepassados? — perguntou Dash.

— Desde quando você usa gel no cabelo? — indagou Noelle, olhando-o com desdém.

— Ah, isso é importante — respondeu Dash.

Cara, aquilo era uma tortura. Será que eles não percebiam que ninguém tinha me contado ainda o que era essa festa? Será que queriam que eu fosse? Coisa de Cinderela mesmo. Era assim que ela devia se sentir quando suas irmãs de criação chatas começavam a falar no bendito baile.

Muito bem. Estava claro que eu é que ia ter de aproveitar a oportunidade. Às vezes uma garota precisa tomar as rédeas da situação.

— Vocês podem me tirar uma dúvida? — perguntei, inclinando-me para a frente.

Todos se viraram para olhar para mim. Noelle, Kiran, Taylor, Ariana, Gage, Josh, Dash e Natasha. Era como se tivessem esquecido que eu existia, e o fato de eu começar a falar tivesse sido uma surpresa total.

— O que é essa tal de Legado?

Noelle e Kiran entreolharam-se. Gage prendeu uma risada e jogou a cadeira para trás, pegando um pãozinho no prato.

— Isso é uma coisa que sabemos, e você, muito provavelmente, jamais vai descobrir — respondeu Gage, achando um pouco de graça demais.

— Gracinha — falei.

Josh pigarreou.

— O pior é que ele está falando a verdade — disse, com cara de quem se desculpa.

Senti minhas faces corando aos poucos.

— Ah, qual é!

Dash pigarreou e debruçou-se na mesa para me ver melhor. Mordi a bochecha por dentro para não rir, enquanto tentava, o máximo que podia, não lembrar de suas partes íntimas ao olhar para o rosto dele.

— Reed, a Legado é uma festa exclusiva — disse ele, em tom solene. — Só alunos de escolas particulares que são filhos de pais que frequentaram essas escolas são convidados.

Senti minhas entranhas darem um nó. Tinha esperança de que alguém fizesse uma exceção e me dissesse que tinha encontrado uma forma de burlar a regra. Seria possível que a teoria de Constance fosse completamente disparatada?

— Não apenas filhos de pais que frequentaram essas escolas — corrigiu Kiran. — Os legatários são netos, bisnetos, tataranetos de ex-alunos.

— Ah! — falei, olhando para o meu prato.

— Legatários de pioneiros do *Mayflower* — acrescentou Gage.

Já entendi. Não vou ser convidada. Obrigada pela porrada na cabeça.

— A única forma de entrar nessa festa sem ser descendente de aluno de escola particular é ser o convidado de um aluno — disse Noelle, olhando direto para Dash, até ele começar a se concentrar muito seriamente em sua comida. — E só algumas pessoas muito, mas muito seletas mesmo, recebem permissão para trazer um convidado. A origem da sua família tem de praticamente datar da Idade Média.

— E onde diabos é que a Reed vai encontrar um legatário com direito a um convidado? — ponderou Kiran.

Olhei à minha volta, para todos eles, esperando uma resposta, até Noelle inclinar a cabeça para o outro lado da sala. Segui seu olhar. Whittaker. E ele estava, como sempre parecia estar, batendo papo com um adulto. Dessa vez, o diretor Marcus.

De repente me bateu, como um desses pianos de desenho animado que cai na cabeça do personagem, que London devia estar querendo usá-lo para isso. Era por esse motivo que Vienna tinha insinuado que todas as meninas da escola o perseguiriam durante as semanas seguintes. Se eu tinha alguma chance de ir, precisaria ser convidada por Walt Whittaker.

Tornei a olhar para Noelle. Ela alçou uma sobrancelha e ergueu um ombro, como quem diz: "eu te avisei". Tinha planejado tudo isso desde o início. As coisas que Whittaker podia me dar, que eu não poderia ter de outra forma. Não era de brincos de diamante nem de outros artigos de luxo que estávamos falando. Estávamos falando de entrar em festas exclusivas, estávamos falando de ser aceito no seio da elite. Ser uma Menina do Billings não era suficiente. Pelo menos, não para mim. Eu era um caso especial. Precisava de um empurrãozinho.

Dei um profundo suspiro. O que Noelle não havia percebido era que eu não podia ser a convidada de Whittaker. Eu não podia fingir que estava apaixonada por ele só para ser convidada para uma festa, por mais misteriosa, intrigante e exclusiva que fosse. Estava na cara que ele gostava de mim. Muito. Usá-lo seria maldade demais. E além disso Constance estava completamente apaixonada por ele. Não ia fazer isso com ela, de jeito nenhum. A não ser que...

— Vocês acham mesmo que o Pearson vai estar lá? — indagou Josh.

A não ser que isso fosse verdade.

— Está brincando? Seja onde for que ele esteja agora, na Legado é que ele não deixa de ir — disse Dash. — Ele não perderia essa festa nem que estivesse morto.

Thomas ia estar na Legado. Seus amigos pareciam ter certeza absoluta disso. E era por isso que eu queria ir a essa tal festa, não era? Para poder brigar com ele por tudo que tinha me feito passar. Para ele poder me dar uma explicação. Para eu poder ver se ele estava bem.

Devagar, olhei para Whittaker outra vez. Ele estava rindo de alguma coisa que o diretor tinha dito, uma risada franca, vinda lá de dentro. E algumas garotas o observavam com os olhos faiscando, só esperando para atacar quando ele terminasse o papo. Thomas estaria na festa. A única forma de eu entrar lá era conseguir que Whittaker me convidasse. Se eu quisesse ver o meu talvez-ex, ia precisar usar o meu talvez-apaixonado para isso.

O destino tinha um senso de humor realmente muito estranho.

O CONVITE ERRADO

Os dias estavam ficando cada vez mais curtos. No momento em que eu estava saindo da biblioteca, após uma sessão de estudo depois do jantar, os postes do campus já estavam acesos, iluminando meu caminho para o Billings. Com a escuridão, o frio se intensificava. Depois de vários dias resistindo e voltando para o alojamento com os dentes batendo, por fim tinha cedido e passado a usar o meu casaco de lã cinza horroroso, com mangas vergonhosamente curtas e aquela mancha não identificável na bainha. Já havia recebido alguns olhares de repulsa das outras moças. Eu estava devendo uma ligação para o meu pai. Então, parecia que a próxima ia incluir súplicas para que ele encomendasse um casaco à Land's End.

É, Land's End. Enquanto minhas colegas andavam por ali vestidas de Prada, Coach e Miu Miu, Land's End era o máximo que eu podia esperar.

Fingi que não vi duas meninas que vinham na direção oposta e ficaram encarando meu rosto já meio famoso, depois começaram a dar risadinhas abafadas e a fofocar no segundo em que passei por elas. Eu já quase nem notava mais esse tipo de coisa. Se conseguisse mesmo me dar bem, aquele semestre ia ser uma preparação perfeita para a vida de celebridade.

Dobrei no caminho que seguia para o Billings, já me preparando mentalmente para qualquer lista de tarefas que minhas "irmãs" tivessem inventado para mim, quando vi uma silhueta escura nas sombras diante da porta. Por uma fração de segundo, pensei em Thomas, e meu coração quase parou. Mas aí percebi que uma silhueta daquele tamanho só podia ser de uma pessoa.

— Reed — disse ele, vindo para a claridade.

— Whit — respondi, imitando seu tom sério.

— Como foi lá na biblioteca? — perguntou ele com um sorrisinho.

Decidi não perguntar como ele sabia que eu estava na biblioteca. Preferi privá-lo do prazer de me contar, e ia me poupar do sofrimento de ouvir como ele previa todos os meus passos.

— Tudo bem. E aí, o que é que há? — falei.

— Bom, eu tenho uma pergunta para lhe fazer — disse ele, metendo as mãos nos bolsos do sobretudo. — Aliás, eu gostaria de lhe fazer um convite.

Para a Legado. Minha consciência e meu desejo andavam em conflito desde o jantar da noite anterior, e nenhum dos dois sentimentos tinha se dado por vencido ainda. Eu não estava preparada para aquilo. O que ia dizer? O que ia fazer? Em algum dos quartos lá em cima, alguém praticava violino. Tocando uma peça rápida e maníaca. Aquilo não estava me ajudando nem um pouco a pensar.

— Você me daria a honra de ser minha convidada para jantar na sexta à noite? — disse ele.

Que negócio era aquele? Cadê meu convite para acompanhá-lo à festa exclusiva? E, espere aí um instante, ele não tinha convidado Constance para se sentar com ele no jantar? O que estava querendo, convidando as pessoas assim a torto e a direito?

— Whit, nós já nos sentamos juntos para jantar toda noite — observei. Uma brisa gelada passou entre nós, enchendo minhas narinas até explodirem com o cheiro pungente da colônia pós-barba de pinho dele. Prendi a respiração e tentei não tossir.

Whittaker riu.

— Não, não, não. Não aqui. Fora do campus — disse. — Sexta-feira é meu aniversário, sabe? Recebi permissão para jantar fora e gostaria que fosse minha convidada.

Aquela proposta me pareceu tão disparatada que eu nem mesmo sabia por onde começar.

— Como foi que conseguiu permissão? — perguntei, finalmente.

— Minha avó pertence à diretoria e de vez em quando ela mexe os pauzinhos a meu favor — disse ele, com orgulho. — Ela também conseguiu um passe para você. Não precisamos de acompanhante.

A palavra "acompanhante" me deu calafrios.

— Mas Whit, e todos os outros? — indaguei. — Quero dizer, é seu aniversário de 18 anos, e você vai querer sair só comigo?

Sua expressão me disse que era exatamente o que ele queria. Aquilo não estava me cheirando bem. Os sentimentos dele por mim eram bem mais sérios do que eu tinha pensado. Podia ficar ali, com seus amigos, dando uma festa com muita bebida, no bosque, à noite, mas, em vez disso, queria me levar para algum restaurante fora do campus.

— Diga que sim, Reed. A gente se arruma e dá uma volta de carro. Conheço um restaurantezinho italiano incrível em Boston...

— Boston? — gemi. Eu nunca tinha estado em Boston. Nunca tinha estado em nenhuma outra cidade além da Filadélfia, e isso tinha sido apenas um dia, na minha excursão do oitavo ano.

— Claro! Você não esperava que eu comemorasse meu décimo oitavo aniversário em um dos únicos três restaurantes decentes aqui de Easton, esperava? — perguntou, soltando o ar, incrédulo. Então pegou a minha mão entre as dele e me olhou bem nos olhos. — Diga que aceita.

Meu coração, surpreendentemente, reagiu ao escutar aquela súplica. Ele parecia tão sincero. Fiquei hesitante. Podia dizer não e magoar aquele rapaz tão doce e também destruir qualquer chance de ele me convidar para a Legado, onde Thomas podia aparecer. Ou então dizer sim, ir a algum restaurante caro em Boston e continuar com a esperança de poder rever Thomas vivo.

No final, não houve nem mais conflito. Minha consciência desistiu.

— Está bem — respondi, afinal, quase engasgando de tão seca que estava minha garganta. — Eu adoraria.

PRESSÃO

Durante minha vida inteira, sempre tinha achado que escovar os dentes me acalmava. Era a hora perfeita para ponderar sobre os acontecimentos do dia. Refletir sobre as coisas que podia ter dito ou feito de outra forma. E me cumprimentar pelas coisas que tinham saído bem. Ao contrário dos pais de todos os outros jovens do planeta, os meus costumavam gritar comigo para que eu *acabasse* de escovar os dentes. Enquanto estava ali, pensando na vida, quinze minutos se passavam com a maior facilidade. Meia hora até. Impressionante eu ainda ter esmalte nos dentes.

Naquela noite, estava já há mais de quinze minutos com a boca cheia de espuma, quando a porta do banheiro se abriu com estrondo atrás de mim. Quase engasguei.

— Como vai? — perguntou Natasha, cruzando os braços sobre aqueles seus peitos enormes e encostando-se no batente. Fitava furiosa o meu reflexo no espelho.

Debruçando-me na pia, esvaziei a boca no ralo, então enchi o copinho de água e o despejei na boca. Depois de bochechar durante meio minuto, cuspi de novo. Deixei-a ali mofando. Não tinha nada a dizer a ela, mesmo.

— Bem — respondi, finalmente, enxugando meu rosto com a toalha. — Eu tive um dia ótimo, e você?

— Sabe do que estou falando — disse Natasha. — O que descobriu?

Vamos ver: quilos e quilos de guloseimas, indícios de um sério desequilíbrio mental, e algumas fotos dignas de uma revista pornô. Ah, e um computador secreto, escondido, protegido por uma senha.

Dobrei a toalha, pendurando-a no suporte ao lado da pia, e me virei, soltando um suspiro de impaciência.

— Nada — falei. — Não descobri nada.

Podia ter lhe contado do computador, se tivesse achado que a informação iria fazer com que ela saísse do meu pé, nem que fosse por um instante, mas tinha a sensação de que teria o efeito exatamente oposto. Tinha a sensação de que só a faria me pressionar ainda mais. E eu já estava sofrendo pressão suficiente, não ia dar para aguentar mais.

— Não pode estar falando sério — disse Natasha, quando passei por ela e entrei no quarto. — Acha mesmo que vou acreditar nisso depois de uma semana e meia?

— Pode acreditar no que quiser — respondi, sentando-me na cama, leve e fagueira. — Este país baseia-se neste princípio.

Natasha estalou a língua e revirou os olhos. Pressionou as mãos contra a testa, como se eu estivesse lhe dando dor de cabeça. Ela merecia uma enxaqueca daquelas de matar, isso sim. Isso serviria para lhe ensinar que não é legal chantagear os outros.

— Qual é o problema, hein, Reed? — indagou ela. — Será que não fui clara o bastante quando expliquei o que faria se não me ajudasse?

— Não, você foi bem clara — disse a ela. — O problema é que, se elas estiverem mesmo escondendo alguma coisa, estão escondendo muito bem. Estamos lidando com Noelle, lembra? Acha mesmo que ela vai deixar provas incriminadoras no quadro de avisos?

Natasha se descontraiu um pouco depois dessa. Nem mesmo ela podia negar a lógica desse raciocínio.

— Seja paciente, é só o que eu peço — continuei, perguntando-me exatamente quanto tempo levaria para uma pessoa sem a menor experiência de informática descobrir a senha de alguém. Peguei meu exemplar de *Beowulf*, que estávamos lendo para a aula de inglês. Pelo menos, todos os outros estavam, ao passo que eu ainda nem havia aberto o livro. E então me encostei em minha almofada de denim. — Estou fazendo o possível.

Eu me acomodei e abri o livro na página um.

— Então vê se anda logo — disse Natasha.

Depois apagou a luz antes que eu pudesse terminar de ler a primeira palavra.

A SENHA É...

Depois de duas manhãs inteiras digitando tudo que sabia sobre Ariana na tela de senha sem conseguir nada, fiquei me sentindo perdida. Precisava de ajuda. Precisava ter por onde começar. Precisava debater o assunto com alguém para obter algumas ideias.

Mas como é que eu ia fazer isso sem dizer a ninguém *por que* eu estava fazendo isso?

Essa era a dúvida que estava girando sem parar na minha cabeça quando entrei na biblioteca em uma tarde chuvosa. Eu tinha um plano, mas muito pouca certeza de que fosse dar certo. Infelizmente, era só o que eu tinha. Sabia que a turma do terceiro ano ia ter uma prova de História daquelas terríveis, e metade dos alunos do Billings e do Ketlar estaria lá estudando. Fui direto até os fundos, onde sabia que as meninas do meu alojamento costumavam ficar.

Na mosca. Em uma mesa, encontrei Kiran, Taylor, Rose, London, Vienna, Josh e Gage. Todos debruçados sobre os livros, alguns fazendo anotações, outros cochichando entre si. Havia uma cadeira vaga no fim da mesa.

Respirei fundo. Preparada para o provável fracasso, mandei ver.

Fui até eles e me sentei com cara de poucos amigos, colocando meus livros sobre a mesa. Todos ergueram os olhos, aliviados por poderem se distrair com alguma coisa.

— Que foi, Reed? — indagou Taylor.

— Nada. É só um trabalho sobre atualidades para Civilização Moderna — respondi. — Preciso escrever oito páginas sobre aquele escândalo dos hackers.

Kiran e Taylor entreolharam-se. Não estavam acreditando. Não iam acreditar de jeito nenhum. E por que acreditariam? Eu estava inventando aquilo.

— Está se referindo àquele caso da escola de ensino médio de Nova York? — indagou Josh.

— Eu ouvi falar nisso! — disse London, toda empolgada. — Algum hacker conseguiu acessar os computadores dos estudantes e depois publicou uma lista de todos os websites proibidos que estavam consultando. Tremendo escândalo!

— Deletaram todas as pornografias que os coitados tinham baixado — disse Gage. — Não é um escândalo. É uma falta de consideração.

— E há um milhão de artigos sobre o assunto, não tenho como ler tudo — falei, erguendo uma xerox. — Além do mais, é assustador. Sabiam que noventa por cento dos estudantes de ensino médio usam informações óbvias como senha? Como o nome do namorado ou a data de aniversário?

Todos ficaram me olhando. Eu não estava convencendo como atriz.

— Eu jamais usaria uma senha assim tão fraca — disse Gage.

— Claro! Você prefere usar palavrões escritos de trás para frente — falou Josh, rindo.

— Cala a boca, cara! — reclamou Gage, batendo nele com as costas da mão.

— Eu nunca usaria uma coisa óbvia assim — disse Rose, virando a página do livro de História. — Só uso caracteres aleatórios.

Era a última coisa que eu queria ouvir. Se Ariana estivesse usando caracteres aleatórios, eu estava ferrada.

— E como se lembra das senhas? — indagou Vienna.

— Eu me obrigo a lembrar — disse Rose. — Fico repetindo sem parar até gravar a senha. Quatro, travessão, cifrão, oito, J, asterisco. Quatro, travessão, cifrão, oito, J, asterisco.

— Legal! Agora todos sabemos sua senha! — disse Gage.

Rose ficou cor de beterraba.

— Essa não é mais minha senha.

— É sim! É sim! — denunciou London, pulando na cadeira, seus brincos compridos batendo em seu rosto. — Sabemos sua senha! Sabemos sua senha!

— Ah, é? Repete ela pra mim, então — disse Rose, sem se deixar perturbar.

London pigarreou e olhou para o teto.

— Quatro, travessão, A... J... — Todos riram e London perdeu o rebolado, deixando-se afundar na cadeira. — Merda!

— Tudo bem — disse Vienna, dando-lhe tapinhas nas costas. — A Rose não tem nada de bom no computador, mesmo.

Rose olhou para Vienna como quem diz "Não enche!" e voltou a estudar.

— Eu sempre uso títulos de músicas — disse Kiran, erguendo um dos ombros. — Acho que muita gente faz isso. Títulos de música, ou títulos de filmes, ou poemas... CDs...

Títulos. Ariana parecia alguém que faria isso. Anotei a informação, disfarçadamente, na margem do artigo xerocado.

— Sabe, Reed, li em algum lugar que grande parte das pessoas escreve a senha em um papel e a deixa por perto do computador — disse Taylor. — Anotam em um dia especial do calendário, coisa assim. Só para se lembrarem, caso a esqueçam.

— É mesmo? — indaguei, curiosa.

— É. Aposto que consigo encontrar esse artigo, se você quiser — continuou Taylor. — Eu guardo tudo.

Como se eu já não soubesse disso. É claro que ela não tinha como saber quanto tempo eu já havia passado olhando embaixo da cama dela.

— Não se preocupe muito com esse trabalho — disse Kiran, voltando a fazer seu dever. — O Sr. Kline não é muito rigoroso na hora de dar nota.

— Tem gente que diz que ele só lê a primeira página de tudo, mesmo — disse Josh.

— Ainda bem — falei, fingindo ficar aliviada.

Todos voltaram a ler seus livros, e percebi que a conversa estava encerrada. Não ia conseguir voltar a tocar no assunto sem que a minha intenção desse na vista. Mas pelo menos eles tinham me dado algumas ideias para começar. Só precisava testar essas novas teorias.

TRANSPARÊNCIAS

Devia estar estudando para o meu teste de Francês. Devia estar fazendo anotações para meu teste de História. Devia estar lendo *Beowulf*. Devia estar perguntando a Kiran se eu podia escolher alguma roupa no armário dela para sair com Whit. Devia estar fazendo qualquer uma dessas coisas. Em vez disso, estava à mesa de Natasha com o website da Academia Easton aberto no seu computador, debruçada sobre um caderno, tentando imaginar quais seriam as senhas que Ariana poderia ter usado no computador.

Baseando-me na ideia de Kiran, tinha começado a ler números antigos da revista literária da Easton, a *Pena*, na Internet. Se a senha de Ariana fosse mesmo um título, deduzi que devia ser o de um de seus próprios poemas. Infelizmente, ela tinha publicado pelo menos três e às vezes até sete poemas em cada número da *Pena*, desde o primeiro ano. Minha lista de títulos de poemas já estava do tamanho de uma página inteira.

Suspirando, fechei a janela que continha o número da última edição da *Pena* do ano anterior e cliquei duas vezes no link do número mais recente, publicado há apenas um mês. Sabia que havia pelo menos cinco poemas de Ariana em suas páginas. Abri o sumário e escrevi os títulos:

Transparência

Queda Interminável

O Outro

Espantalho

A Idade das Trevas

Ariana era uma garota alegre e tranquila.

De repente, a porta do meu quarto se abriu, fazendo meu coração pular de forma nada saudável. E só ficou pior quando Ariana entrou, seguida de perto por Noelle e Taylor. Fechei meu caderno na mesma hora e estendi o braço para desligar o laptop, mas aí percebi que esse gesto seria muito suspeito. Além do mais, elas já estavam atrás de mim. Noelle colocou um saco de papel no chão, perto da parede. Tive a sensação de que não queria saber o que havia dentro dele.

— Está usando o computador da Natasha, é? — disse Noelle, apoiando as duas mãos no encosto da cadeira e me obrigando a me inclinar ligeiramente para trás. — Tomara que tenha pedido permissão, senão ela te entrega à Gestapo.

— Está dando uma olhada na *Pena*? — indagou Ariana, atrás de mim. — Procurando ideias? — indagou, seus olhos movendo-se para um lado e para o outro.

Meu coração parou completamente. Por um segundo toda a minha vida passou diante dos meus olhos. Ela sabia o que eu estava fazendo. Era mesmo telepata.

— Ideias? Para quê? — perguntei, meio sufocada.

Ariana sorriu devagar.

— Para escrever, é claro. Sei que você lê muito. Sempre me perguntei se você também não seria escritora.

— Ah, sim! — falei, todo o sangue do meu corpo subindo para o meu rosto. É claro que ela não sabia o que eu estava fazendo. Como poderia? — Sou mesmo escritora. Estou pensando em participar da revista. Sabe, da *Pena*.

Se não fosse por autopreservação pura e simples, eu talvez ficasse assustada por perceber que mentia tão bem.

— Ótimo. Adoraríamos que participasse — disse Ariana, com um sorrisinho. Olhou para Noelle, que, por algum motivo, estava sorrindo também. — O que você escreve?

Nesse momento estendi o braço e fechei o laptop, principalmente para ganhar tempo. A última história que eu havia escrito tinha sido no primeiro ano do ensino fundamental, um conto chamado "Bolachinhas de Animais", que tinha sido muito criticado por todos os outros coleguinhas pentelhos de seis anos.

— Hã... principalmente ensaios — expliquei. — Mas não tenho tido muito tempo.

Graças a vocês, insinuei com minha entonação. *Vocês e sua lista de tarefas são o motivo pelo qual ando sem inspiração.*

— E você vai ter menos tempo ainda — disse Noelle, toda satisfeita.

Senti meu mundo inteiro desabar.

— Por quê?

— Por causa das janelas — disse Taylor, com uma expressão quase de quem se desculpa. — Estão muito sujas.

As janelas? Será que a Easton não tinha uma equipe de limpeza para cuidar desse tipo de coisa?

— Que janelas? — perguntei, embora já soubesse a resposta.

— Todas elas — disse Noelle, tirando meu caderno das minhas mãos. Tentei puxá-lo, mas ela o jogou na minha cama. Metendo a mão no saco de papel, Noelle tirou dele um limpa-vidros e uma pilha de panos de limpeza. — E pode começar pelas minhas.

ESTÔMAGO FRACO

— Vai chover — disse Ariana, voltando seus olhos azuis para o céu turvo na noite seguinte. — Devíamos nos apressar.

Enrolei o cachecol em torno do pescoço e desci correndo os degraus da biblioteca depois dela. Havíamos passado a hora anterior ouvindo Ariana e seus colegas editores da *Pena* debatendo os méritos e os defeitos de várias peças que haviam sido apresentadas para publicação na edição seguinte. Como, em meu momento de pânico, eu tinha expressado interesse pela revista, Ariana havia me convidado para vir com ela e ver como era. Depois de ouvir aquelas pessoas metidas metendo o pau no trabalho dos outros, resumiria a experiência em duas palavras:

Nem pensar.

Mesmo assim, fiquei feliz por ela ter me convidado. Significava que me considerava digna de tomar parte em uma das coisas que ela mais gostava de fazer. Ariana não podia nem imaginar que sempre que eu começava a anotar coisas no meu caderno durante a reunião não era nada sobre os poemas, mas novas ideias para descobrir sua senha!

Naquela manhã, enquanto devia estar esfregando o chão, eu tinha dado uma geral no quarto de Ariana procurando um calendário ou uma agenda, na esperança de testar a teoria de Taylor, mas não havia encontrado nada. Se Ariana tivesse uma agenda, devia guardar com ela o tempo inteiro. Depois dessa, eu tinha passado meia hora digitando rapidamente qualquer coisa que pudesse me inspirar a descobrir a senha, estremecendo cada vez que o chão rangia ou algum pássaro chilreava diante da janela. Nada tinha dado certo. Agora estava decidida. Tinha desperdiçado muito tempo da minha vida fazendo aquilo. Precisava descobrir qual era aquela senha, mesmo que fosse só para poder dizer a mim mesma que tinha conseguido.

Então passava a maior parte das aulas só pensando em mais senhas em potencial e escrevendo-as em meu caderno. Já estava a ponto de perder o ano e ser expulsa da escola, mas ao menos saberia se as Meninas do Billings haviam ou não arquitetado a expulsão de Leanne. É. Valeria a pena.

Ahá!

— E aí, o que achou? — perguntou-me Ariana, enquanto andávamos depressa pelos caminhos pavimentados. — Gostou?

— Foi interessante — respondi, sem me comprometer. — Mas não sei se me sentiria à vontade para criticar os poemas dos outros.

— Por quê? — perguntou Ariana.

— É que são os pensamentos e sentimentos mais íntimos das pessoas. Deve ser muito difícil para elas fazer todo esse esforço — continuei. — E vocês simplesmente ficam ali dizendo que os textos são ridículos, ou prosaicos, ou clichês. Você disse para aquela garota da equipe que as ideias dela não são nada originais. Bem na cara dela.

— Eu sei. É difícil — disse Ariana, sacudindo a cabeça. Abraçando os livros, ela encolheu os ombros magros para proteger-se do vento, o queixo encostado no peito, quase escondido entre as coisas que carregava. — Mas, quando se quer colocar um texto numa página e pedir aos outros que leiam, é preciso saber receber críticas.

— Imagino que sim — disse, quando chegamos à portaria do Billings. — É que me pareceu maldade, só isso.

Ariana parou e olhou firme para a porta. O céu escolheu aquele momento para começar a despejar água. Uma gota de chuva enorme caiu bem no meio da minha testa.

— Olha aqui, Reed, se não aguenta, talvez não deva voltar lá — disse Ariana, asperamente. E colocou a mão na maçaneta, apertando com tanta força que as juntas dos seus dedos ficaram brancas.

— Eu não disse que *não aguentaria* — retruquei. — Só...

— Não. Você não tem estômago pra isso — disse ela, olhando direto nos meus olhos. — E não importa, mas não finja que é o que não é. Vai só desperdiçar o seu tempo. E o meu.

Ih, nossa! O que tinha acontecido para ela ficar assim?

Ariana abriu a porta do Billings, furiosa, e entrou a largas passadas. Durante muito tempo fiquei parada onde estava, sentindo-me como se tivesse levado uma bofetada. Quem diabo ela pensava que era para falar assim comigo? Não me conhecia o suficiente para saber do que eu era ou não capaz.

A raiva me ardia na pele quando entrei no Billings atrás dela. Não podia deixar aquilo passar sem dizer nada. Antes ela havia insinuado que eu sabia de algo sobre o desaparecimento de Thomas e, agora, vinha com essa? O que, exatamente, Ariana tinha contra mim? Ao entrar no saguão, esperava vê-la subindo as escadas, mas o lugar estava vazio. Depois notei que alguém tinha diminuído a intensidade de todas as luzes do salão comunal, logo depois da portaria. Tirei o cachecol enquanto entrava para ver o que estava acontecendo. A meia dúzia de poltronas e cadeiras tinha sido reunida e colocada diante da telona da tevê, e ali estavam todas as minhas colegas de alojamento, com petiscos e bebidas, assistindo ao mais recente filme com Orlando Bloom.

Aquela cena me pareceu bem aconchegante e, depois de todo o nervosismo dos dias anteriores, era o antídoto perfeito para minhas duas toneladas de estresse.

— Oi, Reed — murmurou Taylor, do seu lugar no primeiro sofá. Kiran deu uma rápida olhada para trás e acenou para mim. Rose olhou para cima e sorriu.

— Oi — respondi, já procurando um lugar

Do outro lado da sala, perto da lareira, Ariana estava acabando de se acomodar em uma almofada gorda, aos pés de Noelle. Noelle tinha puxado uma manta das costas da cadeira, passando-a para Ariana, sem tirar os olhos da tela nem um segundo. Pegou um aperitivo, alguma combinação de queijo, biscoito e uma gosma preta de uma travessa sobre a mesa ao seu lado e meteu-o inteiro na boca.

— O que está acontecendo? — indaguei.

— É a noite do cinema — murmurou Rose. — Fazemos isso uma vez por mês.

— Legal!

— Não para você, Voyeur — disse Noelle, em voz bem alta. — Precisa voltar às janelas.

Pisquei.

— Mas já terminei.

— É. E elas estão mais manchadas do que a última tintura da mamãe — disse Cheyenne.

— Anda, vai consertar — disse Noelle. — Talvez consiga pegar os últimos cinco minutos do filme. Mas eu duvido.

Todas riram. Todas as quinze. Eu me senti quinze vezes mais humilhada. Ariana me lançou aquele seu olhar estranho e deu um sorriso malicioso.

— Dá para levar minha bolsa lá para cima, Reed? — indagou ela, estendendo-me sua bolsa carteiro. — Obrigada — acrescentou, com delicadeza.

Então vi Natasha me observando também, com um olhar significativo. Fiz um sinal de cabeça para ela, me sentindo muito *CSI*. Não podia ter uma oportunidade melhor de voltar ao meu projeto. Voltar àquele computador. E Ariana nem desconfiava que tinha acabado de me entregar justamente o que eu precisava para desvendar o mistério da senha. A bolsa dela. Que sem dúvida continha sua agenda.

Ariana achava que eu não tinha estômago? Não perdia por esperar.

SUCESSO

Uma hora depois, meus olhos estavam secos, o pescoço já estava duro, e eu sentia minha nuca latejar, por causa de uma dor de cabeça. Conferia o relógio a cada dois minutos e meio, sem saber exatamente quanto tempo Orlando ia levar para encontrar o amor. Será que eu tinha quinze minutos ou mais uma hora?

— Vamos, Reed, anda logo — murmurava, entredentes, sacudindo as mãos.

Passei para a página seguinte da agenda de Ariana e virei-a para baixo no chão ao meu lado. A teoria de Taylor tinha sido ao mesmo tempo uma bênção e uma maldição para mim. A princípio, havia pensado em verificar só o aniversário de Ariana e ver se tinha alguma coisa escrita nesse dia. Mas isso foi antes de eu me dar conta de que não fazia ideia de quando era o aniversário dela. Então, em vez disso, comecei a folhear a agenda página por página, achando que ela teria destacado os dias importantes de alguma forma, que teria escrito *aniversário do papai* em uma certa data, ou *aniversário de casamento dos meus pais* em alguma outra data.

Estava errada. Nada era óbvio na agenda da Ariana, a não ser o fato de que ela gostava de fazer desenhos. Desenhava coisas a esmo e anotava ideias para poemas e títulos em todos os espaços disponíveis de todas as páginas disponíveis. Sim, eu tinha achado títulos de poemas em algumas datas, mas não havia como saber se esses dias eram importantes ou não. Portanto, tinha passado a última hora digitando no computador todas as palavras que encontrava em uma determinada data.

Logo, logo as juntas dos meus dedos iam começar a ficar duras. Início de artrite precoce. Era nisso que aquela minha missão ia dar.

Inspirei profundamente. Só precisava insistir mais alguns minutos. Depois encerraria os trabalhos por aquela noite e pelo menos iria limpar as janelas de Ariana e de Noelle, que não me pareceram estar nem um pouco manchadas, para que elas pensassem que eu tinha obedecido às suas ordens.

Estava no mês de abril. No dia cinco de abril havia uma única palavra. Inspirando fundo, comecei a digitá-la.

Elástico. E-L-Á-S-T-I-C-O. Entra.

Senha inválida! apareceu na tela.

Tudo bem. Outra página. Bateu. B-A-T-E-U. Entra.

Senha inválida!

Soltei um gemido. Olhei o calendário, procurando alguma coisa mesmo que fosse remotamente intrigante, e cheguei ao último dia de abril. Trinta de abril. Em letras vermelhas e grandes, estava a palavra *casa*. Abaixo dessa palavra, o título de um dos poemas mais recentes de Ariana: O *outro*. Esse tinha sido publicado na edição da *Pena* do mês anterior.

Dei outro suspiro profundo. Meus dedos tremiam. Lá vai. *O outro*. Duas palavras.

O [espaço] O-U-T-R-O. Entra.

Senha inválida!

Ali por perto uma porta bateu. Meu coração quase saiu pela boca. Fechei o computador e estava para guardá-lo, mas fiquei paralisada. Fiquei paralisada e prestei atenção. Passos. Passos se aproximando...

Ai, meu Deus, não! Guardei tudo de qualquer jeito. Quase deixei o computador cair. Nunca ia conseguir colocar tudo no baú a tempo...

E aí os passos seguiram adiante, em vez de parar à porta. Estavam voltando para o andar de baixo. Deixei-me cair, batendo com o traseiro no chão, e dei um suspiro de alívio. Estava toda trêmula. Devia deixar aquilo de lado. Deixar tudo ali e começar de novo no dia seguinte. Mas quando ia ter uma chance como aquela de novo?

Devagar, tornei a abrir o computador. Ia só fazer essa última tentativa, depois desistir.

Vejamos. *Ooutro*. Uma palavra só.

O-O-U-T-R-O. Entra.

Ouviu-se um *bip*. Meu coração acelerou. O disco rígido zuniu, a tela ficou preta, depois apareceu um céu azul e as palavras mais belas que eu já tinha visto na tela de um computador.

Bem-vinda, Ariana!

Caraca, eu tinha conseguido! Minha santa mãe de... eu tinha conseguido! Senti vontade de dar um pulo e gritar, urrar, improvisar uma dança comemorativa. Mas não teria sido uma boa ideia, com os pisos que rangiam e as quinze meninas assistindo ao Orlando em um silêncio reverente bem debaixo dos meus pés.

Respire fundo, Reed. Revirando minha bolsa, achei o pen drive que tinha trazido comigo caso valesse a pena copiar alguma coisa. Coloquei em uma entrada USB na lateral do computador e tentei acalmar as batidas do meu coração. Se continuasse a bater alto assim, ia abafar todos os barulhos do andar de baixo, e elas não podiam me surpreender agora. Principalmente agora.

Havia várias pastas para arquivos no desktop de Ariana, cada qual com um ano. Abri a mais recente e só vi arquivos Word. Poemas. Centenas de poemas. Alguns com títulos que reconheci da *Pena,* a maioria desconhecida. Mas seria algum deles um texto incriminador disfarçado? Seria um desses "poemas" alguma espécie de desabafo contra Leanne que pudesse provar que Ariana queria se vingar dela de alguma forma? Como ia saber? Meu coração encheu-se de um desespero doentio, alimentado pela frustração. Não tinha tempo de abrir uma centena de poemas ou mais.

Fui rolando a tela, procurando sei lá o quê. Na última fileira de arquivos, vi um ícone que correspondia a uma única pasta. Uma pasta dentro de outra. O título era "projetos".

Interessante. Aquilo poderia me levar a algum lugar. Cliquei duas vezes sobre a pasta. Dentro dela vi mais documentos Word, cujos títulos eram iniciais. EP, GI, IP, NL, TL, IM e por último LS.

LS. Leanne Shore.

Na hora fiquei paralisada. Era aquilo mesmo. Um arquivo sobre Leanne. Acho que em parte eu sempre tinha pensado que seria impossível. Que Noelle e Ariana jamais poderiam ter expulsado ninguém da escola sem um bom motivo. Mas ali estava. E eu ia ter a prova.

Salivando, relutante, abri o arquivo. Um documento Word apareceu, enchendo toda a tela. Na primeira linha, as palavras "Latim aos sábados". E depois "Anotações de 5 de agosto". Meu corpo inteiro relaxou e eu quase ri. Pelo jeito Ariana tinha passado o verão tendo aulas. De Latim. E aos sábados.

Não tinha nada a ver com Leanne. Ariana era inocente.

Respirando fundo, fechei o documento.

Prestei atenção de novo para ver se ouvia passos, mas nada. Pelo jeito Orlando ainda estava ocupado. Decidi olhar os outros documentos, só para satisfazer minha curiosidade, para não ter passado por tudo aquilo e não descobrir nada. Abri o EP. Era uma lista de nomes femininos com "sim" e "não" ao lado de cada um e um total no final, algum tipo de lista de confirmação de convidados. Talvez Ariana tivesse ajudado a mãe a organizar alguma festa, uma coisa assim. Depois abri o GI. Ao abri-lo, meu coração quase parou.

Enquanto agonizo, Faulkner, 1930.

Seus olhos viam Deus, Hurston, 1937.

O homem invisível, Ellison, 1947.

Era um gabarito. Uma lista em uma fonte minúscula em uma folha de papel. E, pelo tipo de informação, era um gabarito da prova de Inglês do último ano. Exatamente a matéria em que Leanne tinha colado. E o que a administração tinha usado como prova?

Gabaritos.

Se eles combinassem com os gabaritos que tinham selado o destino de Leanne, então era tudo verdade. Natasha tinha razão. Noelle e suas amigas tinham mesmo armado para cima de Leanne. Tinham expulsado a menina da escola. Mas por quê? Só porque ela era uma puxa-saco e incomodava Noelle? Seria mesmo motivo para acabar com a vida de alguém?

Morrendo de vontade de saber mais, abri então o arquivo chamado MI. Era um arquivo de mensagens instantâneas trocadas em sua maioria entre Ariana e Noelle. Dei uma olhada rápida nas primeiras mensagens. Pareciam não conter nada de mais. Conversas sobre dever de casa e festas, nada extraordinário.

Mas aí vi meu nome e senti que estava perdendo o fôlego. Parei para ler.

Ariana: então vamos mesmo fazer isso

Noelle_1: MAS COM CERTEZA. Decidimos que queremos a Reed, certo?

Ariana: sim, e a lattimer vai ajudar. kiran vai arranjar um passe livre na manolo para ela, se ela ficar de boca fechada.

Noelle_1: PERFEITO! Com Lattimer vai ser fácil D+. Então, tudo pronto para o lance? Está com os gabaritos?

Ariana: tudo pronto. é só me dizer quando e onde.

Noelle_1: AMANHÃ. Vamos estar com a Reed aqui já no fim de semana. E L vai ser expulsa. Graças a Deus!

Ariana: você é mesmo muito má!

Noelle_1: Mas isso é TÃO BOM...

Eu estava sem fôlego. Fiquei paralisada. Não poderia nem mesmo ter me salvado se o alojamento inteiro tivesse entrado ali naquele exato instante.

Elas tinham feito aquilo por mim, para gerar uma vaga para mim no Billings. Tudo aquilo tinha acontecido por minha causa.

Ouvi um rangido nas escadas e, de repente, acordei. Não tinha tempo para pensar naquilo. Copiei depressa todos os arquivos com iniciais nos títulos para o meu pen drive, só por via das dúvidas, para ver se valia a pena ler mais alguma coisa. Depois pus o pen drive no bolso de trás do jeans, desliguei o computador de Ariana e recoloquei tudo no lugar, conforme estava antes. Enquanto fechava o baú, ouvi vozes no andar de baixo. A festinha estava terminando. Empurrei o baú para o fundo do armário, fechei as portas, agarrei minhas coisas e fugi.

Sabia que todas iam subir pela frente, portanto, corri para a escada dos fundos, onde seria mais seguro. Depois que entrei, sentei-me nos degraus e procurei recuperar o fôlego.

Elas tinham expulsado Leanne por minha causa. Eu é que era a culpada pela expulsão dela. Era minha culpa o fato de Natasha estar tão transtornada que chegava a chantagear as pessoas para espionar os outros. Era tudo por minha causa. Para eu poder morar ali. Para poder ser uma das Meninas do Billings.

Aquilo era horrível. Era doentio. Era diabólico. Mas também era por mim. Ninguém tinha feito nada assim por minha causa antes. Elas tinham arriscado seu futuro para me colocar no Billings e solidificar o meu. Por mais revoltada que eu estivesse, também fiquei um pouco lisonjeada.

E como é que eu estava retribuindo? Tinha ido espionar os seus quartos. Descobri seus segredos mais constrangedores. Por um momento senti uma vergonha estarrecedora. Eram minhas amigas, e eu tinha traído todas.

Mas ainda tinha uma dúvida. *Por que* eram minhas amigas? Por que elas tinham me trazido para morar ali no Billings? O que estavam ganhando com isso? Por que queriam que eu morasse ali? Para poder mandar em mim? Não fazia sentido. Nada daquilo fazia o menor sentido.

Uma porta bateu logo acima de mim, e fiquei de pé de novo, descendo as escadas com uma rapidez equivalente à das batidas do meu coração. Tinha de voltar mesmo para o meu quarto. Voltar para lá e pensar. Agora eu já tinha as provas. Já estava com o que Natasha queria. A questão agora era: devia contar a ela?

OLHAR DESCONFIADO

Na manhã seguinte, enquanto Natasha estava no chuveiro, vesti um jeans e um moleton, prendi os cabelos, fazendo um rabo de cavalo, e saí de fininho, fechando a porta tão silenciosamente quanto possível. Tinha me levantado bem cedo e tornado a limpar todas as janelas do primeiro andar, para evitar estar no quarto quando o alarme dela tocasse. Agora era a chance perfeita para sumir antes que ela pudesse me perguntar se eu tinha encontrado alguma coisa e antes que as outras pudessem me obrigar a fazer mais tarefas domésticas.

Era uma manhã nublada e fria, de modo que vesti o casaco enquanto discava o número do quarto de Thomas no meu celular. Afastei-me do Billings depressa, com a bolsa pendurada no ombro, segurando o telefone colado ao meu ouvido. O campus estava tão quieto quanto um cemitério. Minha respiração produzia nuvens de vapor no ar matinal gelado. Os cravos enfileirados na calçada que levava ao Billings estavam curvados devido ao peso da geada, que tinha lhes coberto as pétalas. Procurei abotoar o casaco com minha mão endurecida pelo frio. Josh atendeu o telefone no quinto toque.

— Ahn...alô? — falou. Ainda estava dormindo.

— Oi, Josh, desculpe ter te acordado.

— Quem é? — indagou ele.

— É a Reed — respondi. De repente me senti como se alguém estivesse me espionando. Parei na interseção do caminho para o alojamento das meninas e do que leva à biblioteca e olhei em torno de mim. O pátio estava totalmente deserto, a não ser por um esquilo passando depressa de vez em quando sob um dos bancos.

— Reed! O que houve? — indagou ele. — É o Thomas? Você teve notícias dele?

— Não — falei, estremecendo ao ouvir aquele nome. — Só preciso conversar com você sobre uma coisa. Pode se encontrar comigo no refeitório dentro de... digamos... quinze minutos?

— Hã... claro — disse ele. — Vou para lá agora mesmo.

— Obrigada — agradeci.

No momento em que desliguei o telefone, senti um arrepio percorrer a minha espinha. Virei-me de repente, e meu coração subiu até a garganta como um foguete. Arquejei, assustada, depois engasguei. O detetive Hauer estava um metro atrás de mim. Ele franziu a testa ao se aproximar, seu impermeável preto enfunando-se às suas costas.

— Você está bem, Srta. Brennan? — perguntou ele.

Bati no peito com minha mão livre e tentei controlar minha tosse. *Srta. Brennan*. Ele se lembrava do meu nome. Tinha falado com quinhentos rapazes e moças nas últimas duas semanas e se lembrava de quem eu era. Isso não era nada bom.

— Estou — respondi. — Tudo bem. Só levei um susto ao ver o senhor.

— Desculpe — disse ele, embora não parecesse se arrepender de nada. — Gosto de passear de manhã cedo. Clareia as ideias.

Ele parecia estar esperando uma resposta, então falei:

— Que bom.

— E a senhorita? — indagou ele.

— Eu o quê?

— O que está fazendo aqui fora assim tão cedo? — perguntou ele. — Já faz muito tempo, admito, mas me lembro de que gostava de dormir quando era adolescente.

— Ah, sim, bom, as pessoas são diferentes — disse, rindo e abrindo os braços. E estava agindo como um espantalho maluco.

— Com quem estava falando? — indagou ele, olhando o meu celular. Esfregou as mãos uma na outra e soprou nelas.

— Ah, hum... — Não parecia haver motivo para mentir. — Com o Josh. Josh Hollis. Ele vai se encontrar comigo para tomarmos o café da manhã juntos.

— O colega de quarto do Thomas Pearson? — perguntou ele, erguendo as sobrancelhas felpudas. — Esse Josh Hollis?

Por que ele precisava falar assim, fazendo tudo parecer suspeito? Qual era o problema em encontrar Josh?

Dei de ombros.

— Ele é o único que conheço com esse nome. — Depois fiz uma cena e olhei o relógio. — Ai, desculpe, mas preciso ir. Vou me atrasar — falei, recuando. — Boa caminhada.

Ele concordou, semicerrando ligeiramente os olhos.

— Bom café da manhã.

— Obrigada — respondi, tentando ao máximo parecer bem natural.

Não funcionou. Pude sentir que ele estava me observando durante toda a travessia do pátio e mal consegui evitar me virar e ver se estava mesmo. Mas quando finalmente cheguei ao refeitório, suando de esforço e nervosismo, não consegui aguentar mais. Parei e fingi procurar alguma coisa na minha bolsa. E, enquanto fazia isso, espiei de relance lá fora. E vi o detetive Hauer parado ali, sozinho no meio do campus.

De olho em mim.

IDEALISMO

Pela primeira vez em dias, pude entrar na fila do desjejum e pegar o que *eu* queria comer, e *só* o que eu queria. Sabia que assim que as Meninas do Billings chegassem eu teria de voltar à fila, para pegar o que elas queriam, mas naquele momento tudo o que desejava era aproveitar minha liberdade. Merecia isso depois de tudo o que tinha passado naquela manhã.

Peguei dois pedaços de bacon, uma fatia de torrada com manteiga de amendoim e uma tigela de cereal, depois saí da fila e fui para nossa mesa de costume. Comecei pela torrada, na esperança de acalmar meu estômago, revirado, antes de passar às coisas doces e gordurosas. O refeitório cavernoso estava tão tranquilo que eu era capaz de ver as partículas de pó dançando nas réstias de sol, que penetravam através das claraboias. Vi o Josh entrar pela porta da frente, colar-se à parede a caminho da fila e surgir momentos depois com café e três donuts.

— E aí, estou curioso — falou, sentando-se em frente a mim. Mastigava um donut de canela, espirrando o pó marrom por toda parte. Seus cachinhos estavam amassados de um dos lados da cabeça e arrepiados do outro, fazendo-me lembrar de que apenas alguns minutos antes ele estava todo enroscado na cama, confortável e quente, e que tinha feito força para despertar só para vir falar comigo.

— Tá, olha só, hipoteticamente...

Josh largou o donut.

— Adoro um bom "hipoteticamente" — disse ele, apoiando os cotovelos na mesa.

Eu ri.

— Hipoteticamente — repeti, especialmente para ele —, se você descobrisse que um dos caras do seu alojamento tinha quebrado o código de honra... você o denunciaria?

Josh ergueu as sobrancelhas, depois olhou para o prato e soltou o ar dos pulmões.

— Quero dizer, é claro que a gente *deve* contar, mas na prática... você faria isso? — indaguei.

Josh balançou a cabeça uma vez e depois a levantou.

— Com certeza.

— Mesmo?

As portas duplas se abriram e um grupo de alunos entrou na fila. Não teríamos muito tempo para conversar, logo o lugar ia ficar lotado.

— Sem sombra de dúvida — respondeu Josh, enquanto saboreava o café. — Você assinou o contrato. Todos nós assinamos. Sei que provavelmente não é legal, sei lá, dizer isso, mas obedecer às regras é importante para mim. Quando a gente se compromete, não dá para voltar atrás. Além do mais, é o correto. Se alguém fizer alguma coisa errada, deve pagar por isso. Ponto final.

Droga! O garoto levava o hipotético muito a sério. Sem saber por quê, aquela sua convicção me fez estremecer. Deixei a torrada no prato e empurrei a bandeja.

— Me diga o que realmente sente — insisti, na base da brincadeira, tentando melhorar o meu humor.

— O que ele realmente sente não interessa.

Assustados, ambos erguemos o olhar e vimos Whittaker parado no final da mesa. De onde ele tinha vindo?

— Não tive a intenção de ofender — disse ele a Josh.

– Ah... não, de modo algum — disse Josh, em tom debochado. Ele puxou a cadeira para a frente até seu peito encostar na mesa para Whittaker poder passar. Whit puxou a cadeira ao lado de Josh e sentou-se. Tomou um gole do suco de toranja e estalou os lábios.

— Não pretendia escutar a conversa de vocês, mas não pude evitar — começou Whittaker, descansando os pulsos na beirada da mesa como um rapaz muito bem educado. — Reed, se alguém no Billings tiver colado... você não pode, sob nenhuma circunstância, entregar essa pessoa.

— Quê? — surpreendeu-se Josh.

— Sua opinião é meio ingênua, não acha? — disse Whittaker, pegando o garfo e mexendo nos ovos quc tinha no prato. — Sem mencionar que é hipócrita.

Josh empurrou um pouco a cadeira para trás e cruzou os braços sobre o peito.

— Nossa! Fui chamado de ingênuo e hipócrita antes mesmo dos serviços matinais! Isso para mim é novidade.

— Mas é verdade — falou Whittaker. — Você está aí falando que as pessoas que cometem erros deveriam ser castigadas, mas por acaso fez alguma coisa quando soube que seu colega de quarto era traficante?

Senti como se a sala inteira tivesse sido bombardeada por um vento gelado do norte. Arrepios por toda parte. O rosto de Josh empalideceu.

— Isso não é da sua conta — disse ele.

— É, sim, se você vai ficar enchendo a cabeça da minha amiga com esse tipo de moralidade vazia — retrucou Whittaker.

Então, achando que tinha calado a boca de Josh, Whittaker virou-se e me encarou, sério.

— Não deve fazer nada que a afaste das meninas do Billings, Reed — disse ele. — Confie em mim. Não se quiser levar uma vida decente depois que se formar aqui. Essa é a realidade.

Engoli em seco e olhei para Josh. Ele revirou os olhos, mas não disse nada. Percebi que Whittaker tinha acabado de encontrar o exato motivo pelo qual o idealismo de Josh me causava arrepios. Desde meu primeiro dia na Easton, eu só ouvia falar que as Meninas do Billings tinham os mais brilhantes futuros de toda a escola. Era tudo uma questão de ter os contatos certos. Os contatos levavam qualquer um até onde quisesse chegar. Se eu entregasse Noelle e as outras, será que todos os contatos que tinha conseguido através do Billings estariam perdidos pelo resto da minha vida? Será que tudo que eu tinha conquistado entrando lá seria automaticamente destruído?

— Sabe que eu tenho razão — continuou Whittaker, de maneira arrogante. — Posso ver isso nos seus olhos.

— Com licença — disse Josh, empurrando a mesa para afastar-se dela. — De repente fiquei meio enjoado.

Apanhou um dos donuts restantes e saiu irritado. Whittaker inspirou fundo e sacudiu a cabeça.

— Ele vai aprender — disse. — Acaba aprendendo.

Fiquei olhando Whittaker colocando garfadas de ovos na boca, e de repente até olhar para ele me deu nojo. Mesmo que ele estivesse certo, de alguma forma aquele tom de sabe-tudo me repelia completamente. Com que direito ele estava exercendo toda aquela onisciência?

— Agora que estamos a sós... — falou, erguendo-se da cadeira e sentando-se na de Josh, para poder ficar bem em frente a mim. — Queria informar-lhe que já fiz todas as reservas para sexta à noite. Vou pegá-la no círculo da entrada às seis. Isso deve nos dar tempo suficiente para chegar a Boston a tempo. Estou ansioso para esse dia chegar, Reed.

A forma como ele estava me olhando me fez sentir quase febril de tanta revolta. Havia desejo nos seus olhos, simples, claro e evidente. Ele achava que aquele encontro ia terminar da mesma forma que aquela noite no bosque.

Bem, ele provavelmente esperava evitar a parte do vômito.

— Está animada? — indagou ele.

É pelo Thomas. É para você poder ir à Legado e ver Thomas.

— Claro — respondi, automaticamente.

Depois ele estendeu a mão e pegou a minha. Cobriu-a com as suas palmas enormes, inexperientes, desajeitadas. Olhando para elas, de repente vi outro par de mãos na minha cabeça. Magras mas fortes, autoconfiantes e ternas. Mãos que tinham me feito corar de prazer toda vez que me tocavam.

Olhei de relance para a esquerda e vi várias meninas do terceiro ano de um dos outros alojamentos me encarando com inveja. Todas sabiam o que significava aquele gesto de Whittaker. Significava que eu estava um passo adiante no processo de ser sua convidada para a Legado. E elas estavam um passo à frente no processo de ficarem tomando chá de cadeira em casa na noite do Halloween.

— Talvez depois do jantar a gente possa parar em algum lugar — disse Whittaker, enrubescendo um pouco. — Em algum lugar onde possamos ficar a sós.

Seu polegar fez pressão na palma da minha mão. Meu estômago ficou embrulhado, e eu recolhi a mão. Não ia conseguir fazer aquilo. Não ia poder ficar em um carro com aquele cara durante horas imaginando quando ele ia tentar me agarrar, temendo a ideia de ter os lábios dele nos meus. Ele era muito legal, um cara legal mas desajeitado, esperançoso, que estava se esforçando. Dava para ver isso. Mas estava tentando com a garota errada.

— Algum problema? — indagou ele, os olhos arregalados.

— Não. Estou bem — disse, ficando de pé. — Só que me lembrei de que deixei meu livro de História no meu quarto e... preciso levá-lo para a aula hoje. É melhor ir buscá-lo.

— Então, tudo bem... Até mais tarde? — perguntou ele, erguendo-se da cadeira, sempre um cavalheiro.

— Sim, claro, sem dúvida — respondi.

Mas enquanto caminhava à luz do sol, ia pensando num plano. Devia ter um jeito de ir à Legado sem Whittaker. Tinha de ter.

PRÉ-FESTA

Naquela noite parei diante da porta de Noelle e Ariana. Tinha acabado de ouvir vozes lá dentro e parei para escutar. Foi reflexo. Agora que sabia até onde iam seus segredos, estava em parte louca de vontade de descobrir mais coisas. Mas não pude distinguir mais do que murmúrios e risadas e, depois, me lembrei de que tinha ido até ali pedir um favor. Tentar escutar a conversa delas atrás da porta certamente não me ajudaria em nada. Fiquei ereta, preparei-me e bati à porta.

— *Entrez!* — disse Noelle.

Lá dentro as luzes estavam atenuadas, e velas tremeluziam em todas as superfícies disponíveis, enchendo o ar com seus aromas almiscarados. Noelle, Ariana, Kiran e Taylor estavam todas reunidas, em círculo, de pijamas e robes. Taylor estava sentada em uma das cadeiras das escrivaninhas, que tinha sido puxada para perto da cama de Ariana, ao passo que as outras estavam sentadas no colchão. Ariana ergueu uma taça de vinho e Kiran inclinou uma garrafa acima dela, despejando o líquido vermelho-escuro.

— Reed! Que bom te ver! — exclamou Noelle. — Venha tomar um pouco de vinho! Estamos jogando "Eu Nunca".

"Eu Nunca." Essas meninas não tinham nada melhor para fazer a não ser jogar "Eu Nunca"? Em uma noite de semana? Não deviam estar lendo ou preparando trabalhos ou talvez planejando expulsar mais alguém da escola? Atrás de mim, no armário de Ariana, pude sentir a presença do baú e do computador como se eles tivessem sido mergulhados em algum lixo radioativo e estivessem agora pulsando e brilhando como um farol, a zombar de mim. Recordando-me do que eu tinha feito. Do que eu sabia.

— Eu nunca... fiquei bêbada e subornei o piloto do meu pai para me levar a Roma para eu poder comer macarrão legítimo! — anunciou Taylor.

— Ah! — aplaudiu Noelle.

Kiran estalou a língua.

— Não vale ser tão específica! — disse, depois bebeu metade da sua taça de vinho.

O pai dela tinha um piloto. Tinha um piloto que poderia levá-la a Roma de uma hora para a outra.

— Vai, Reed, conta. O que você nunca fez? — indagou Noelle, toda alegre.

— Na verdade, eu tinha vindo conversar sobre uma coisa com vocês — respondi.

— Só quando nos disser o que foi que nunca fez — disse Ariana, os olhos brilhando.

Ótimo. Nada como ficar na berlinda. Procurei alguma coisa, qualquer coisa na memória que não me fizesse parecer totalmente ridícula.

— Eu nunca... transei dentro de um carro — disse finalmente.

Noelle soltou uma gargalhada, cuspindo um pouco de vinho, depois bebeu o resto que estava no copo, assim como Kiran e Taylor, que riam sem parar. Ariana, porém, só sorriu.

— É mesmo, Ariana? — indagou Kiran, sem se deixar perturbar. — Nem mesmo em uma limusine? Elas são muito confortáveis.

— Eu vou começar a te chamar de Puritana — disse Noelle.

Ariana simplesmente suspirou, como se tudo aquilo fosse muito bobo, e deixou o copo de lado.

— O que houve, Reed?

— Nada. É sobre... a Legado.

As quatro entreolharam-se.

— Puxe uma cadeira — disse Kiran, erguendo a garrafa de vinho.

Fui até a cadeira de Noelle, tirei mais ou menos uns dez suéteres de cashmere, seda e angorá, colocando-os na cama, e puxei a cadeira para perto delas. Quando me acomodei, vi que estavam prestando a máxima atenção. Coisa estranha.

— Qual foi o problema? — indagou Noelle, cruzando as pernas na altura do joelho e inclinando-se para a frente como uma apresentadora de tevê preocupada. Mas só que nenhuma apresentadora de tevê que eu já tinha visto erguia uma taça de vinho diante da plateia. — O Whittaker não te convidou ainda?

— Não. Não convidou. Mas não é isso — respondi. — Quero dizer, tenho certeza de que ele vai...

— Gente, já está toda convencida, ela — disse Kiran, tomando um gole de vinho. Resolvi fingir que não tinha ouvido esse comentário.

— É que... Eu não quero ir com ele — confessei. — Não podem me ajudar a entrar? Eu podia ser a convidada de uma de vocês — disse, olhando para Noelle.

Ela, então, fez um ar de deboche. Sentou-se com o tronco mais ereto e passou os cabelos espessos e negros por cima dos ombros.

— Não está entendendo, está, Reed? Nem mesmo todas aqui podem entrar sem ajuda.

Reagi apenas com um olhar incrédulo. As Meninas do Billings não podiam entrar sem ajuda? Como é que isso era possível? Eu não conseguia imaginar que alguém pudesse impedi-las de ter acesso a alguma coisa.

— Ah, qual é?! — respondi, afinal.

Noelle e Ariana riram. Kiran puxou uma pelinha de cutícula, corando, enquanto Taylor simplesmente ficou olhando para dentro da taça de vinho.

— Não me ouviu naquele dia? Essa festa é exclusiva. Eu sou a única pessoa de todo o Billings que tem o direito de levar um convidado.

— Você e a Cheyenne, né? — disse Taylor.

— Isso. Cheyenne. A própria Filha da Revolução Americana — disse Noelle. — Por que será que sempre me esqueço da Cheyenne?

As outras deram risadas, como se todas soubessem por que era tão fácil esquecer Cheyenne. Mais uma piadinha que não entendi e não me explicaram. Mas precisava me concentrar no abacaxi que eu tinha nas mãos.

— Está brincando?! — falei. — Vocês não podem levar convidados?

— Eu posso — disse Noelle, inclinando-se para trás. — Mas já estou levando o Dash.

— O Dash não pode ir sozinho? — indaguei. Ele, que tinha me desfiado as regras daquela noite? Ele, que tinha agido com tamanha superioridade ao falar do baile?

— Ah, qual é?! — disse Noelle. — Ele é só segunda geração. O avô dele frequentou a escola pública 121 no Bronx, ou coisa assim.

— Mas quando tinha 22 anos já havia conseguido ganhar seu primeiro milhão — acrescentou Kiran. — Com imóveis.

— É uma história de gente que veio do nada. Devia lhe pedir para contá-la um dia — continuou Noelle, sarcasticamente.

— Quem é que a Cheyenne vai levar? — perguntei, muito embora soubesse que não havia a menor chance de que ela se compadecesse de mim.

— Seu namoradinho de Boston — respondeu Kiran. — Como é mesmo o nome dele? Débil? Doidão?

— Dougray — respondeu Ariana, com um sotaque inglês imperioso.

— E nós conhecemos mais alguém que pode levar um convidado? — indaguei, esperançosa.

— Só o Gage. E ele vai levar a Kiran — disse Ariana.

— Isso. Eu vou ser a acompanhante do Gage Coolidge. Mal vejo a hora — falou Kiran.

— É o que ganha por ser caloura — disse Noelle, saboreando o vinho. Depois, ao ver meu olhar confuso, ela levou a mão até o lado da boca e sussurrou, em voz alta: —

Primeira geração. Ai! Mas acho que você também é — acrescentou, amável.

— Desculpe, Reed. Mas não podemos fazer nada — disse Ariana.

— E é por isso que estamos tentando dar um jeito de você ir com o Whit — explicou Noelle. — Ele é a sua única esperança.

— Espere aí, Kiran. *Você* não consegue entrar sem ajuda? Você é uma supermodelo — observei.

Kiran balançou a cabeça quando riu, zombeteira.

— Meu amor, nem a Scarlett Johansson ia conseguir entrar nessa festa sem o Whittaker. — E aí tomou o resto da taça de vinho e sugou as bochechas ligeiramente ao engolir. Lançou-me então um olhar significativo. Tipo, *se quiser ir a essa festa, não estrague tudo.*

Noelle ficou de pé e inclinou o corpo para a frente de modo que seus olhos ficaram apenas a alguns centímetros dos meus. Tentei desviar meu olhar para não ter de fitar diretamente os olhos dela, mas quando fiz isso vi tudo por baixo da sua camisola de seda e quase morri de tanta vergonha. Então fui obrigada a olhar para o rosto de Noelle.

— Reed, quando é que vai perceber que tudo que fazemos tem um motivo? — disse ela, pondo a mão no meu ombro. — Nós mexemos os pauzinhos para você e o Whittaker se entenderem para você poder ir à Legado. Não queremos ir sem você.

De repente me senti muito bem por dentro.

— Nós iríamos, mas não queremos — acrescentou Kiran, com uma risadinha.

Noelle levantou-se novamente, depois foi até a janela. Olhando para o outro lado do pátio, tomou um gole demorado do vinho e olhou para mim.

— E aí, o que vai fazer?

Noelle queria que eu fosse. Thomas ia estar lá. E a essa altura eu também já estava louca de vontade de ver por que todos falavam tanto daquela festa. E uma festa em que nem mesmo Kiran podia entrar só por mostrar um pouquinho mais da perna devia ser mesmo espetacular. De verdade.

Dei um profundo suspiro e me virei para Kiran.

— Pode me emprestar umas roupas para eu usar na sexta à noite? Tenho um encontro. Com Whittaker.

MEU CAVALEIRO

A Sra. Lattimer me levou para o outro lado do pátio até a entrada circular, na sexta à noite, seus saltos estalando rapidamente no chão, muito embora estivéssemos andando a passo de lesma. Pelo jeito, enquanto eu estivesse no campus, precisava de acompanhante. Bom, mas eles iam me deixar sair do campus só com Whittaker. Talvez a Sra. Lattimer estivesse ali apenas para garantir que em vez disso, eu não pegasse um ônibus para Montreal. Para garantir que eu não saísse do campus a menos que fosse com Whit.

O bom era que eu estava deslumbrante no traje que Kiran tinha me emprestado. Sim, nem mesmo eu podia deixar de admitir isso. Era um vestido preto Calvin Klein frente única, que ia até pouco acima do joelho, com tiras finas que amarravam no pescoço e acentuavam meus ombros — nos quais eu tinha passado spray bronzeador para que ficassem com uma "cor sensual". Por cima do vestido, um casaquinho de brocado dourado, Chanel vintage, e os brincos de brilhante que Whittaker tinha comprado para mim. Kiran havia insistido para eu prender os cabelos, e quando revelei que não sabia fazer nenhum penteado a não ser um rabo de cavalo e uma trança básica, ela resmungou, mas ficou uma hora ajeitando meu cabelo, prendendo minhas madeixas castanhas para cima, para formar um coque frouxo sofisticado. Um par de Manolo Blahniks pretos de tirinhas para completar o visual, e pronto. O resultado ficou digno de uma passarela.

Uma pena eu me sentir mais como quem estava para pular de uma prancha de navio pirata.

— Você recebeu um privilégio muito especial esta noite, Srta. Brennan. Espero que entenda isso — disse a Sra. Lattimer enquanto contornávamos o prédio do alojamento Bradwell, que ficava de frente para a entrada circular. Ela segurava a gola do casaco levantada para se proteger do frio. — A Sra. Whittaker não presta favores como esses a qualquer um.

Dei uma olhada de relance para a Sra. Lattimer. Depois de ter lido a seu respeito no diálogo de mensagens instantâneas de Ariana e Noelle, não conseguia mais levá-la a sério. Aquela mulher tinha se vendido por uma tarde de compras. Para que algumas mocinhas superprivilegiadas pudessem pôr uma menina inocente para fora da escola. E eu devia fazer o quê? Considerá-la um exemplo?

— Eu sei — falei, secamente.

— Pode ser que eu tenha subestimado você quando a conheci — disse ela.

Mas que maravilha! Agora eu podia morrer feliz.

— Hã, puxa, obrigada.

— O Walter deve gostar muito de você — continuou ela, me examinando, cuidadosamente. E pareceu estar esperando alguma coisa, como se eu fosse contar a ela todos os detalhes do meu sórdido romance.

— Acho que sim — respondi.

Ela semicerrou os olhos diante daquela minha reação nada entusiástica, e tive a nítida sensação de que havia ofendido a bruxa. Acho que merecer a atenção da grandiosa família Whittaker era algo que eu devia valorizar mais. Eu devia estar me sentindo lisonjeada. Mas só queria que tudo aquilo terminasse.

— Ah, aí vem ele. Seu cavaleiro de armadura reluzente — disse a Sra. Lattimer quando dobramos a esquina.

Não sei quanto ao cavaleiro, mas sem dúvida havia uma armadura reluzente. Um carro esporte prateado veio se aproximando devagarinho do meio-fio, tão estreito e compacto que eu não tinha a menor ideia de como Whittaker havia conseguido entrar nele. No momento em que ele nos viu chegar, saiu do carro e fechou a porta com um estalido discreto. Nada de estrondos, nada de trepidação. Era uma batida de porta de carro caro, abafada por uma construção sólida e o que parecia um interior em couro creme.

— Boa-noite, Sra. Lattimer — disse Whittaker, aproximando-se de nós duas. Trazia um buquê de rosas vermelhas enorme e estava com um terno preto, camisa branca e uma gravata com minúsculos brasões estampados. Ele estava mesmo muito bonito. Grande, forte e charmoso. O nojo que eu havia sentido na outra manhã felizmente tinha passado ou, pelo menos, ficado de lado diante de coisas mais importantes.

— Walter — cumprimentou a Sra. Lattimer, balançando a cabeça, solene.

— Reed — disse ele. — Você está deslumbrante.

— Obrigada — respondi, de maneira casual.

Ele me entregou o buquê de rosas, que tinha um perfume fantástico.

— Para você.

— Obrigada — tornei a dizer. A Sra. Lattimer pigarreou, uma espécie de orientação para mim. — Elas são... lindas.

Whittaker então sorriu.

— Podemos ir?

E me ofereceu o braço, como eu tinha visto em inúmeros filmes. Quase dei uma risada. A Sra. Lattimer fez um sinal, como que me impelindo, e transferi o buquê para o meu braço esquerdo, dando o direito a ele. Como consegui fazer isso sem me enrolar ou deixar cair alguma coisa não faço ideia. Pelo jeito tinha sido bom assistir àqueles filmes.

Whittaker me levou até o carro e abriu a porta com uma ligeira reverência. Sentei-me no banco estofado, puxando o casaco para baixo das minhas pernas. Quando olhei para a Sra. Lattimer de novo, ela fechou os olhos e sacudiu a cabeça.

Pelo jeito havia alguma maneira mais graciosa de se fazer isso. Mas Whittaker não pareceu notar. Ele fechou a porta e se virou para dizer algumas palavras à Sra. Lattimer. Quis deixar as rosas no chão, mas não havia lugar. Iam ter de ficar entre as minhas pernas. Pensei em deixá-las no banco traseiro, mas não havia nenhum. Por fim, simplesmente coloquei-as no colo e afivelei o cinto debaixo delas.

Inspirei fundo, inalando o perfume de rosas misturado com o de couro, e recostei-me no banco, tentando afastar aquela nuvem cinzenta que andava me seguindo naquela noite. Sem querer dar-lhe um nome, passei a mão no painel cromado e tentei me sentir empolgada. Era fantástico, era mesmo. O carro, o vestido, as flores, ser levada para fora do campus para algum restaurante da moda enquanto o resto da escola estava no refeitório, comendo o guisado de sexta à noite. Eu tinha sorte. Tinha mesmo.

Meus olhos encheram-se de lágrimas.

Uma pena estar com o cara errado.

A nuvem cinzenta me envolveu. Thomas era o seu nome. Aquela noite romântica devia ter sido planejada por ele. Eu devia estar com ele. Mas em vez disso ele estava longe, sabia-se lá onde, e eu ia sair com outro cara.

A porta do lado do motorista se abriu e Whittaker dobrou-se todo para sentar-se atrás do volante.

— Estou me sentindo honrado por você ter aceitado sair comigo esta noite, Reed — disse ele.

Inspirei fundo e fiz força para dar um sorriso. Aquilo era só uma forma de conseguir o que eu queria. Só isso. E se tudo fosse bem naquela noite, eu logo, logo ia conseguir me encontrar com Thomas.

— Eu me sinto honrada por você ter me convidado.

O ANIVERSARIANTE

Ao nos aproximarmos de Boston, vi o enorme luminoso de neon da Citgo perto da água e as placas direcionando o trânsito para Fenway e Harvard. Fiquei admirando os edifícios históricos pela janela, cúpulas e torres iluminadas pelo brilho suave de luzes estrategicamente colocadas. Sobre a água, dezenas de belos veleiros imaculados balançavam, atados ao píer, a água batendo em suas proas. Edifícios altos de apartamentos pairavam acima deles, permitindo o que deviam ser vistas maravilhosas do porto e auroras incríveis toda manhã.

Eu sempre tinha imaginado como seria morar perto do mar. Tendo me criado na Pensilvânia central, nunca tinha visto o oceano. Naquele momento, vendo o Atlântico pela primeira vez, mesmo que fosse só uma enseada inofensiva, fiquei encantada. Era tão tranquilo, belo e sereno!

— Você parece que está deslumbrada — disse Whittaker quando o carro dobrou e o porto ficou para trás, visível apenas pelo espelho retrovisor.

— É que tudo é muito bonito — respondi. — Obrigada por me trazer até aqui.

Whittaker sorriu.

— De nada.

Fomos acompanhando o litoral rapidamente, passando por hotéis imensos e o aquário moderníssimo, e me esforcei para não ficar de boca aberta. Estava mesmo em Boston! Onde ficavam o Boston College e o MIT, terra dos feijões assados à moda de Boston e da torta de creme de Boston, onde tinha ocorrido a famosa *Festa do chá de Boston* e um milhão de outros acontecimentos históricos! Whittaker podia mesmo me levar para conhecer o mundo.

O restaurante ficava em um bairro antigo e pitoresco no lado norte da cidade, onde prédios de arenito castanho-avermelhado e velhos postes de iluminação bruxuleavam sobre ruas com calçamento de pedras. Um manobrista vestido com um smoking pegou as chaves do carro de Whittaker, e ele tornou a oferecer-me o braço ao passarmos pela porta. Numa pedra fundamental em ruínas perto da calçada lia-se a data 1787.

Depois de entrarmos, outro atendente pegou o meu casaco e um terceiro nos levou até uma mesa a um canto nos fundos, perto o suficiente de uma lareira para nos manter aquecidos, mas longe o bastante para não ficar quente demais. A conversa na sala era aos sussurros, acompanhada pelos sons de louças e talheres enquanto as pessoas comiam. Quando me sentei na cadeira estofada, tentei não olhar extasiada para os brilhantes que pendiam de todos os pescoços e pulsos femininos daquele lugar. Nunca na minha vida eu tinha estado em um restaurante tão elegante, cercada por gente para a qual dinheiro não era problema. *Se ao menos os meus pais pudessem me ver agora...*

— Sr. Whittaker! Que prazer vê-lo — disse um homem alto de bigode, que veio nos cumprimentar. — Gostaria de ver a carta de vinhos?

— Não é necessário, John — disse Whit. — Vamos beber aquele Barolo safra 73 que pedimos no aniversário de casamento dos meus pais.

Eu pisquei. Será que não era mais ilegal servir bebidas para menores de idade neste país?

— Excelente escolha, senhor. Beth virá dentro em breve com o cardápio. — E, depois de uma ligeira reverência, ele se retirou sem fazer ruído.

— Aqui não pedem a identidade da gente? — indaguei.

Whittaker deu uma risadinha.

— Ora, Reed, francamente.

Por mim, tudo bem. Cruzei as pernas sob a mesa, batendo com o joelho debaixo do tampo e fazendo todos os pratos pularem.

— Epa. Perdão.

— Não foi nada — disse Whittaker baixinho, numa voz tranquilizadora, aquela que causava reverberações agradáveis em mim. — Relaxe.

— Está bem. Vou tentar.

Apoiei os cotovelos na mesa, depois os afastei rapidamente. Será que a senhora idosa na mesa ao lado tinha me lançado um olhar de desaprovação ou a cara dela era assim mesmo? Debaixo da toalha branca, fiquei mexendo na pulseira de ouro grossa que Kiran havia me emprestado. Felizmente Whittaker não pareceu notar aquele meu gesto nervoso. Recostou-se e sorriu quando um homem esbelto de colete preto nos serviu água gelada. Pela primeira vez, notei que havia três taças de tamanhos distintos atrás do meu prato. Pelo jeito íamos beber muito. Isso me levou a observar os talheres todos ornamentados, em número até excessivo. Duas colheres, três garfos, duas facas. Para que será que serviriam?

— A senhorita aceita um pão?

De repente um outro homem já estava ao meu lado, com uma cesta cheia de pãezinhos. Eles tinham um aroma espetacular, e eu sentia em meu rosto o calor que emanavam.

— Hã... Claro — respondi, pegando um pão bem corado.

O homem pigarreou e eu fiquei paralisada.

— Se a senhorita fizer a gentileza de escolher um, eu o servirei com todo o prazer — falou.

— Ah, sim — falei, enrubescendo e olhando de relance para a senhora idosa. Agora eu tinha certeza de que ela estava me olhando feio. — Pode me servir esse coradinho aqui, por favor — continuei, sentindo-me completamente arrasada.

— O de centeio integral? Excelente escolha — respondeu, com um sorriso forçado. Depois tirou uma pinça de trás das costas, pegou com ela o pão na cesta e o colocou no meu prato. Não era justo ele ter escondido a pinça. Se eu a tivesse visto, poderia ter adivinhado.

— E o senhor? — indagou, dirigindo-se a Whittaker.

Depois que Whit escolheu o que queria, o garçom do pão foi até perto da parede, onde ficou ao lado do garçom da água, só esperando ser chamado a qualquer momento. Eu mal podia crer que esses fossem mesmo empregos sérios. O que aqueles homens colocavam em seus currículos? Perito Distribuidor de Produtos Farináceos? Aplacador de Sede Profissional?

Assim que o garçom do pão terminou, uma lourinha se aproximou e entregou um cardápio encapado de couro a Whittaker.

— Bem-vindos ao Triviatta — cumprimentou ela. — Meu nome é Beth; por favor, se quiserem perguntar alguma coisa, fiquem à vontade.

— Obrigado, Beth — disse Whittaker, examinando o cardápio.

Ela se virou e começou a se afastar.

— Hã... Beth — falei, fazendo-a estacar de repente. — Posso lhe fazer uma pergunta?

Várias pessoas se viraram para me olhar. Talvez eu tivesse falado meio alto demais.

— Pois não, senhorita — respondeu ela, completamente confusa.

— Pode me trazer um cardápio? — pedi, baixinho. Tanto ela quanto Whittaker ficaram só me olhando. O homem do pão riu e o homem da água bateu na perna do garçom do pão. Fiquei com o rosto ardendo de vergonha.

— Desculpe. Pode me trazer um cardápio, por favor?

Beth olhou para Whittaker, como quem pede orientação. Ele sorriu, indulgente, assentindo.

— Um momento — disse Beth.

Ela sorriu meio sem jeito, me olhando como se eu fosse um cachorro vira-lata suplicando uma refeição. Quando finalmente se afastou, eu me inclinei para o lado de Whittaker.

— Fiz alguma coisa errada?

— Não, nada — disse Whittaker. — Eu gosto desse seu jeito tão... independente.

— Porque quero ler meu próprio cardápio? — indaguei, os músculos dos meus ombros contraindo-se ligeiramente.

— É que este lugar aqui é à moda antiga — disse-me Whittaker. — Em geral os homens é que fazem os pedidos para as mulheres.

— Mas que coisa mais antiquada.

— Não. É tradicional — corrigiu Whittaker.

Senti-me como uma menininha de cinco anos. Fiquei irritada. Quis sair dali. Não precisava ficar ali. Que atrevimento o dele, falar comigo assim daquele jeito. Beth voltou com meu cardápio, e eu o abri sem agradecer a ela. Olhei a lista de pratos rapidamente e eliminei a maioria porque 1) continha frutos do mar, aos quais eu era alérgica, ou 2) era impronunciável. Fechei o cardápio e o coloquei na mesa.

— Já escolheu? — disse Whittaker, arqueando as sobrancelhas.

— Sim — respondi, balançando o pé sob a mesa.

— O que vai querer? — perguntou ele.

— Precisa mesmo saber? — retruquei, grosseira.

Ele piscou.

— Se vou fazer o pedido por nós dois, preciso.

— Sou perfeitamente capaz de pedir meu próprio prato, obrigada.

Whittaker soltou um suspiro de impaciência que fez meus músculos se contraírem. Abaixou seu cardápio devagar e olhou para mim de um jeito muito sério por cima das velas tremeluzentes.

— Reed, pelo menos me deixe fazer o pedido por você — disse ele. — É assim que se faz aqui.

Retribuí o olhar dele com raiva. Que tipo de cara era aquele? Era assim que queria passar seu décimo oitavo aniversário? Em um restaurante tão antiquado que até meu avô teria se sentido deslocado? Eu mal podia acreditar que ele achava aquilo divertido.

— Whittaker, posso lhe fazer uma pergunta? — indaguei, inclinando-me para frente.

— Claro! — disse ele.

— Por que viemos aqui? Por que não está comemorando com o Dash e o Gage e todos os seus amigos? — perguntei. — Tenho certeza de que eles podiam ter inventado alguma coisa mais "divertida" para você fazer hoje. Quero dizer, não é isso que os amigos fazem nos aniversários?

Whittaker estremeceu imperceptivelmente e voltou a olhar o cardápio. Pigarreou e fez questão de mostrar que estava examinando as opções.

— O Dash e o Gage tinham... outros compromissos hoje — falou. — Além disso, eu já expliquei que você é a única pessoa com quem quero passar meu aniversário.

Naquele momento percebi tudo. Era tudo mentira. Tudinho. Não é que ele não quisesse estar com Dash, Gage e Josh, mas eles não tinham demonstrado interesse algum em passar o aniversário com ele. Toda aquela falação deles sobre o quanto adoravam Whit era só isso: falação. Eles o achavam engraçado, mas não eram seus amigos de verdade. Se fossem, Whit estaria com eles naquela noite.

Eu sabia o que era isso. Tinha passado muitos aniversários sem festa, sem amigos, sem ninguém a não ser meu irmão e meu pai, que tinham de estar lá, e minha mãe, uma presença sempre ameaçadora. Não havia nada pior, a meu ver, do que um aniversário infeliz.

Inspirando profundamente, tomei uma decisão. Antiquado ou não, condescendente ou não, Whittaker no fundo tinha bom coração. Ele merecia ter um aniversário legal. E era minha missão fazer com que isso acontecesse.

— Vou querer o filé mignon, ao ponto — disse a ele.

Whittaker sorriu e sentou-se um pouco mais ereto.

— Boa escolha. Quer um aperitivo? Sobremesa?

— O aniversário é seu — respondi. — A noite é sua, você é que decide.

PARTINDO CORAÇÕES

— Viva! Mais um! — exclamei, levantando as mãos com os punhos cerrados quando Whittaker passou pelo portão da segurança da Easton. Estava escuro como breu lá fora, e o guarda fez sinal para passarmos sem nem mesmo tirar os olhos da sua minitevê. Pela primeira vez naquela noite inteira, percebi que não estava querendo voltar para casa ainda. Depois que relaxei e decidi tratar tudo como uma noite com um amigo que precisava de um aniversário legal, tinha realmente começado a me divertir.

— Quanto foi que ganhou? — indagou Whittaker, alegremente.

— Dois dólares e cinquenta centavos — falei, erguendo a raspadinha. — Eu te disse que era um investimento seguro.

O carro inteiro estava coberto de raspadinhas. No chão, aos meus pés, estavam dezenas de cartõezinhos inúteis, e empilhados no meu colo os poucos que tinham prêmios. Cinco dólares aqui, vinte dólares ali, era só somar.

— Pode ser até que você tenha recuperado a sua grana — disse a Whittaker, pegando a última raspadinha. Ele tinha comprado cem dólares em raspadinhas na loja de conveniência à beira da estrada. O cara do balcão olhou para nós como se fôssemos birutas, mas pacientemente contou cem raspadinhas.

— Raspadinhas! Nunca teria sequer pensado nisso — comentou Whittaker, reduzindo a marcha ao subirmos o morro íngreme.

— É mesmo? Essa é a primeira coisa que todos lá em casa fazem no décimo oitavo aniversário — expliquei. Claro, eu achava que gente como Whittaker nem jogava na loteria. Eu devia ficar surpresa por ele saber que existia loteria. Raspei o último quadradinho. O símbolo que encontrei não combinou com os outros.

— Nada — anunciei, jogando-a no chão.

— E aí, quanto deu tudo no final? — indagou ele.

Liguei a luz no teto para poder enxergar melhor. Rapidamente, contei os prêmios das raspadinhas e somei tudo de cabeça.

— Cento e dois dólares e cinquenta centavos — anunciei. — Você teve lucro.

— Puxa, que sorte a minha — disse ele.

— Só precisa levar tudo até uma lotérica para receber a grana — expliquei, ajeitando a pilha de raspadinhas no meu colo.

— Não, pode ficar com elas — disse ele.

— Quê? Não — falei. — Estas são suas raspadinhas de aniversário.

— É, mas a ideia foi sua — disse Whittaker ao entrar na pista circular diante do prédio do alojamento Bradwell e dos outros alojamentos de alunos dos primeiros anos. — Faço questão.

Senti um calor desagradável espalhar-se pelo meu peito. Cem dólares! Era muito dinheiro. Para mim. É claro que para ele era só um trocado. Não era problema jogar tudo assim pela janela.

— Está bem — concordei. — Obrigada.

Ele parou o carro junto ao meio-fio e estacionou. Imediatamente o clima no carro mudou de comemorativo e leve para sério e carregado. Era agora. O momento da verdade. Fim do encontro. Eu já tinha decidido horas antes que se ele tentasse me beijar eu deixaria. Era o que ele queria, óbvio, e seria um preço baixo a pagar por tudo que ele me tinha dado, por tudo que podia me dar. Mas agora que tinha chegado a hora, estava me perguntando se poderia mesmo ir até o fim. Quanto mais tempo passava com Whit, mais gostava dele, mas não como ele queria que eu gostasse.

Ele era mais como um irmão. E isso acabava com qualquer possibilidade romântica.

Whittaker pigarreou. Virei-me de frente para ele. Aquilo não ia tirar pedaço. Era só um beijo.

— Reed, andei pensando — disse Whittaker, esfregando a palma da mão na perna da calça.

Se pode me beijar? Claro, anda, termina logo com isso.

— Você me daria a honra de vir comigo à Legado, amanhã à noite?

— Hã?

Assim, sem mais nem menos. O Grande Prêmio. Jogado no meu colo. Bem no momento que eu temia. Fiquei tão feliz que quase ri. Mas em vez disso, mordi o lábio.

— À Legado. Todo mundo vai — disse Whittaker, tomando a minha surpresa por confusão. — Eu gostaria de levá-la, gostaria que fosse meu par.

— Mas claro, sem dúvida — respondi. — Adoraria.

Whittaker ficou radiante. Por um momento ficamos só sentados ali sorrindo, e pensei que talvez, apenas talvez, ele sentisse o mesmo que eu. Era só uma amizade muito agradável. Éramos mesmo só amigos.

E aí ele agarrou meu rosto com força, com as duas mãos, e me beijou.

Epa. Acho que não era bem assim!

Tentei respirar pelo nariz enquanto a boca de Whittaker se esfregava desajeitadamente sobre a minha. Finalmente ele se afastou, arquejante, e me olhou nos olhos. Inspirei tanto oxigênio quanto possível sem deixar que ele notasse que quase tinha me sufocado.

— Passei a noite inteira querendo fazer isso — disse ele. — Sei que disse que podíamos ser só amigos, mas Reed, há uma atração entre nós. Não podemos mais ignorar isso.

Aiiiiii!

Whittaker ficou parado me olhando. Esperava que eu dissesse alguma coisa. Concordasse com ele. Mas eu não podia. Não podia mentir para ele sobre uma coisa dessas. Só que também não podia dizer a verdade, que gostava dele mas não desse jeito. Ele ia ficar arrasado, e eu não podia fazer isso com ele. Principalmente no seu aniversário.

— Estou muito feliz por você me acompanhar — disse ele, finalmente.

Agora já era hora de aquilo terminar. Eu precisava pôr o cara no seu lugar, mesmo que não fosse à festa, nem visse Thomas. Não podia fazer isso com ele.

— Whit, sabe o que é...

Uma batida súbita na janela nos assustou. Whittaker olhou para alguém às minhas costas.

— É a Sra. Lattimer — disse ele.

— Ai, meu Deus. — Meu coração retumbou com força nas minhas costelas. Há quanto tempo ela estava lá? Será que tinha visto nosso beijo?

— Tome isto — disse Whittaker, colocando uma coisa pequena e fria na minha mão.

Era um colar, uma corrente de ouro fina com um pingente oval. No meio dele, uma minúscula coroa feita de brilhantes microscópicos.

— O que é? — indaguei.

— Vai precisar disso amanhã — respondeu ele. — Guarde. Depressa — disse ele, lançando um olhar furtivo à Sra. Lattimer.

Com o coração acelerado, meti o colar na bolsa, depois alisei os cabelos soltos atrás das orelhas e ajeitei minha saia. Lancei à Sra. Lattimer um olhar rápido, encabulado, através do vidro da janela, e ela retribuiu com a expressão mordaz de quem não se deixa enganar.

— Boa-noite, Srta. Brennan — disse ela, erguendo a gola com uma das mãos. — Já é hora de se despedir.

Whittaker olhou para mim como quem se desculpa e depois saiu do carro. Meti as raspadinhas no bolso e peguei minhas rosas enquanto ele contornava o veículo e abria a porta para mim. Meus joelhos tremiam quando um dos meus sapatos de salto alto tocou a calçada. Whittaker notou minha hesitação e me puxou, praticamente me pondo de pé.

— Boa-noite, Reed — disse ele, quando a Sra. Lattimer recuou ligeiramente.

— Boa-noite, Whit — respondi. — Feliz aniversário!

— Obrigado — respondeu ele.

E aí, para minha grande surpresa, e, tenho certeza, para surpresa da Sra. Lattimer também, ele se aproximou e me deu um último beijo. De boca fechada, demorado, suave.

— A-hã! — disse a Sra. Lattimer. Nem mesmo pigarreou, simplesmente pronunciou a palavra.

Whittaker afastou-se de mim, sorriu, todo meloso, e voltou para o carro. Virando-me, sorri meio sem jeito para a Sra. Lattimer.

— Foi uma noite bem-sucedida, então? — perguntou ela.

— Pode-se dizer que sim — respondi, tentando me livrar da culpa que estava sentindo. Não tinha tido a chance de dizer a Whit como realmente me sentia. Agora ele ia voltar para o alojamento pensando que tinha conseguido marcar um segundo encontro. E talvez coisa pior. Em parte fiquei aliviada. Afinal, queria mesmo ir àquela porcaria de festa. *Precisava* ir.

E será que tinha sido mesmo tão ruim assim? Whittaker queria ir comigo. Não tinha convidado mais ninguém. Por que não aceitar o convite de um bom amigo?

Que horror. Eu era mesmo um monstro.

— Vamos — disse a Sra. Lattimer. — Já é bem tarde.

Respirei fundo para me acalmar. Estava nervosa por causa do beijo, por ser surpreendida, por saber que ia à Legado e por tudo que isso significava para mim, para Whit, para Thomas. Inspirando, olhei para o céu, mas meu olhar não chegou até lá. Parou em uma janela no último andar do Bradwell. Uma janela onde estavam Missy, Lorna e Constance, assistindo a tudo.

Meu coração, que já estava batendo acelerado, afundou pela minha barriga, indo parar nos meus pés. Constance! E tinha visto tudo! Pude deduzir por sua expressão. O carro, as flores, o beijo. Seu coração fora partido ao assistir àquela cena. E eu é que tinha partido o seu coração.

PRIMEIRA IMPRESSÃO

Fiz as camas depressa na manhã de sábado e corri para fora do Billings, na esperança de conseguir falar com Constance quando ela saísse do Bradwell. Assim que cheguei ao pátio, percebi que não tinha sido rápida o bastante. Constance já estava a meio caminho do refeitório, flanqueada de um lado por Kiki e Diana e do outro por Lorna e Missy. Como se de repente elas tivessem se transformado em suas melhores amigas. Na semana anterior, elas nem ligavam para Constance, então eu sabia que estavam do seu lado só porque, fazendo isso, se opunham a mim.

Mas eu não tinha medo delas. Comparadas às pessoas com quem eu precisava lidar diariamente no meu próprio alojamento, aquelas meninas eram ursinhos de pelúcia.

— Constance! — gritei. Ela hesitou. Lorna virou a cabeça para me olhar, depois cochichou alguma coisa no ouvido de Constance. E todas começaram a andar mais depressa. — Constance! Espere aí um instante! Qual é!

Elas não pararam e nem mesmo diminuíram a velocidade. Felizmente, mesmo que tivesse torcido o tornozelo ou andasse com um balão de oxigênio, eu as teria alcançado. Saí correndo e parei na frente delas. A expressão de pura mágoa no rosto de Constance foi suficiente para me deixar sem fôlego. Elas se aproveitaram da minha hesitação e se desviaram para me evitar, continuando a andar.

— Constance! — chamei, pondo a mão em seu ombro. Ela se virou bruscamente, seus cabelos ruivos flutuando no ar.

— Que foi? — perguntou, irritada. Seu rosto estava todo vermelho e úmido, os olhos, de um verde brilhante e alucinado, estavam avermelhados.

— Desculpe, viu?

Constance semicerrou os olhos e deslocou seu peso para o outro pé.

— Pelo quê? — indagou ela, erguendo o queixo.

— Pelo que houve ontem à noite — respondi. — Sei que nos viu e juro que não queria que nada daquilo acontecesse. Acredite em mim, por favor.

— Sei. Você não queria sair com um dos melhores partidos aqui da Easton — disse Constance. — Não queria receber flores. Não queria ser beijada.

— É. Não foi bem isso que vimos — comentou Missy, sarcástica.

Fingi que não tinha escutado o que ela disse. Não me preocupava com ela.

— Constance, eu juro, não estou interessada no Whittaker — falei.

— Ah, é, por quê? Ele não está à sua altura? — disse Constance, claramente ofendida. — Agora que é do Billings, o cara por quem fui apaixonada minha vida inteira não é bom o suficiente para você?

— Não foi isso que eu quis dizer! — protestei. Mas o que podia responder? Não ia conseguir apagar o que ela havia visto. E já tinha resolvido continuar me encontrando com ele, pelo menos até aquela noite. Até a Legado. O que eu estava tentando fazer?

— Escuta... eu só... queria te dizer que sinto muito — falei, afinal. — Só isso.

— Eu também — disse Constance. Pela voz, estava triste, mas não queria chorar. — Sinto muito ter pensado que podia confiar em você. Sinto muito ter pensado que podíamos ser amigas.

Missy e Lorna deram sorrisinhos irônicos e trocaram cochichos. Diana parecia estar enojada e Kiki olhava para o refeitório, escutando seu iPod.

— Sabe, quando te conheci, pensei que tinha tirado a sorte grande. Tinha uma colega de quarto legal, sem frescura, boazinha — continuou Constance. — Mas você estava só representando, né? Desde que chegou aqui, você só queria entrar no Billings e nem ligava para mim. E agora se tornou tão superficial e traidora quanto todas elas.

Até Missy ficou espantada diante daquilo. Ninguém falava mal das Meninas do Billings. Pelo menos ninguém de um nível tão baixo na pirâmide alimentar de Easton, como Constance.

— Isso só prova que a primeira impressão não quer dizer nada — concluiu Constance. — Vamos, meninas.

Ela se virou e se afastou, com ar de quem estava gostando do poder que agora exercia sobre aquele pequeno grupo.

Temporariamente, é claro. Até que sentir pena dela não fosse mais divertido, nem lucrativo. Enquanto elas se afastavam, percebi todas as implicações do que eu tinha feito. Constance tinha sido a única pessoa que havia gostado de mim desde o primeiro dia, que tinha me apoiado desde o início, sem esperar nada em troca.

E tinha o potencial pelo menos de ser uma boa amiga. Mas eu havia destruído essa possibilidade. Agora só tinha as Meninas do Billings. Minhas únicas amigas na Easton, minha única vida social. Só elas. E elas eram tudo.

CONFISSÃO

Entrei no Alojamento Billings com uma determinação que não sentia desde aquele dia no sexto ano em que eu tinha resolvido finalmente enfrentar minha mãe. Naturalmente essa vontade passou quando entrei em casa decidida e a encontrei desmaiada em uma poça de saliva. Dessa vez, porém, eu não ia deixar nada me deter. Nem Natasha, nem as imagens daquela noite com o Whit gravadas a ferro em brasa na minha mente. Nada. Eu tinha algo a fazer e iria em frente fossem quais fossem as consequências.

Percebi alguns olhares confusos de residentes do Billings enquanto subia as escadas da frente de dois em dois degraus, mas ninguém me deteve, nem mesmo me cumprimentou, e eu logo estava uma vez mais parada diante da porta de Noelle. Bati com força.

— Entre!

— Oi, queria falar com vocês sobre umas...

Muito bem. De repente aquilo poderia me deter. Noelle estava parada no meio do quarto, com um vestido de baile preto deslumbrante, ajudando Ariana a colocar um vestido azul-turquesa ainda mais deslumbrante. Ariana estava só de tanguinha e sutiã sem alças e tinha uma barriga mais chapada do que um prato de papel. Nem uma delas enrubesceu, estremeceu ou parou quando entrei no quarto.

— Oi, Reed — cumprimentou Ariana com um sorrisinho.

Ela deixou Noelle puxar o vestido do chão até suas axilas e depois meteu os braços pelas alcinhas finas. Noelle fechou o zíper e elas ficaram ali paradas. Noelle, a rainha gótica, Ariana, a princesa élfica. Eu só tinha visto vestidos iguais na noite de entrega do Oscar.

— É... é isso que vai usar hoje à noite? — perguntei. Sobre a cama de Noelle havia uma dúzia de máscaras de cores variadas, decoradas com paetês, plumas e contas.

— Ainda estamos decidindo — disse Noelle, virando-se para o espelho, de corpo inteiro, e fazendo a saia rodada farfalhar para um lado e para o outro. Será que havia mais vestidos como aqueles guardados em algum canto daquele quarto? Por que eu não havia encontrado essas preciosidades durante as minhas buscas? — Você disse que tinha algo para nos contar? — indagou ela, seus olhos encontrando os meus no reflexo.

Isso mesmo, concentração. Hora de aguentar o tranco. Talvez hora de abaixar e me proteger.

— Preciso confessar uma coisa — disse, meu coração batendo descompassado. — E vocês não vão gostar.

Noelle e Ariana entreolharam-se. Ariana sentou-se graciosamente na beirada da cama, ajeitando a saia e cruzando as pernas na altura dos tornozelos.

— Vai, fala — disse ela.

— Por onde começo? — parei para pensar, olhando para o teto e enxugando as palmas úmidas das mãos no meu jeans.

— Pelo começo, me parece bom — disse Ariana.

Ri, nervosa.

— É. Bom, aí vai. Vocês se lembram daquela noite no bosque? Depois do fim de semana da visita dos pais? A noite em que conheci o Whit?

Engoli em seco.

— Lembro — disse Noelle, segurando um brinco enorme de brilhantes perto da orelha.

— Bom, naquela noite, a Natasha tirou uma fotos minhas... com Whit. Fazendo umas coisas — falei.

Elas aí começaram a prestar mais atenção. Noelle finalmente se virou do espelho e olhou para mim. Eu esperava que ela fosse ficar chocada e horrorizada, mas deu apenas um sorriso malicioso.

— Que tipo de coisas? — indagou ela.

Ai, meu Deus! Ela ia me obrigar a contar. Será que não podia ver que eu já estava vermelha como um pimentão?

— A gente se beijou, bebeu, sabe como é.

— Tá — disse Ariana, inexpressiva.

— Então ela me mostrou essas fotos e ameaçou mandá-las para o diretor, e então eu seria expulsa da escola se não... se não...

Elas iam me matar. Iam arrancar os meus cabelos e os meus olhos e, pior ainda, eu seria expulsa da Easton do mesmo jeito, e, sem dúvida, mais rápido ainda.

— Se eu não... — repetiu Ariana, fazendo um gesto despreocupado com a mão.

— Se eu não espionasse vocês — consegui dizer por fim, fechando os olhos. — Quero dizer, não exatamente espionar, mas bisbilhotar. Revirar suas coisas. Enquanto vocês pensavam que eu estava fazendo limpeza. Ela acha que vocês foram as responsáveis pela expulsão de Leanne Shore da escola e queria que eu encontrasse uma prova.

Esperei a explosão, mas nada aconteceu. Quando finalmente consegui voltar a me concentrar, Ariana ainda estava parada me olhando. Noelle continuava sorrindo maliciosamente. Cadê o choque? Cadê a indignação? Elas deviam estar furiosas comigo. Ou no mínimo surpresas e irritadas com Natasha por tentar me usar. Mas ficaram paradas ali. Eu não fazia ideia do que estava acontecendo.

— E você fez isso? — perguntou Noelle.

— Bisbilhotar ou encontrar provas? — indaguei.

— Uma coisa ou outra. As duas — disse Ariana.

Automaticamente abaixei a cabeça.

— Fiz. Encontrei uma coisa, mas não fiz nada com ela nem disse nada para Natasha. Eu juro.

Desejei que elas dissessem alguma coisa. Qualquer coisa. Desejei que gritassem e ficassem histéricas. Mas elas continuaram caladas como monjas. E isso era ainda mais desconcertante do que qualquer escândalo que pudessem fazer.

— Bom, aqui está o que eu achei — falei, tirando o pen drive do bolso e estendendo-o. Nenhuma delas se moveu. Finalmente, precisei passar por Noelle e pôr o pen drive em sua escrivaninha. Recuando para onde estava antes, aguardei. E continuei aguardando. Aquilo era uma tortura terrível.

— E aí, o que vão fazer?

Noelle suspirou dramaticamente. Virou-se e tirou mais um brinco de uma caixa.

— Nada.

— Como assim, nada? — perguntei. Embora soubesse que não tinha direito de ficar chateada, estava começando a me irritar. Será que não conseguiam entender como aquilo tudo era difícil para mim? Será que não conseguiam enxergar como eu estava com medo de que meu futuro fosse por água abaixo? Podiam pelo menos reagir de algum jeito. — Não ficaram zangadas?

— Não exatamente — disse Ariana, ficando de pé. Ela passou por mim, até seu lado do quarto, e pegou um par de sandálias prateadas no chão do armário.

— Mas... e a Natasha? — falei, com um desespero rodopiante alastrando-se no meu peito. — Se eu contar que dei o pen drive a vocês, ela vai mandar essas fotos. E vou ser expulsa.

— Deixa de choradeira — disse Noelle. — Não combina com você.

E prendeu um brinco na orelha, virando-se depois e me contemplando com um sorriso quase piedoso.

— Espere — comecei a protestar.

Noelle levou a mão aos lábios.

— Sshh! — disse, de um jeito quase consolador. — Olha, vê se esquece isso por enquanto, tá? — e depois sorriu. — Me diga, o Whittaker te convidou para a Legado ou não?

Que diabo isso tinha a ver com a história?

— Convidou.

— Ótimo — disse Noelle. — Ele te deu o colar?

— Deu. O que é aquilo? — indaguei.

— Tem de colocá-lo. É seu passe para entrar — explicou Noelle.

Droga! Quem é que já ouviu falar de uma festa em que a gente tem de usar uma correntinha de ouro maciço e brilhantes para provar que foi convidada? Quem bancava tudo aquilo?

— Vamos fazer o seguinte — disse Noelle, fazendo um sinal com a cabeça para Ariana, por cima do meu ombro.

Ariana meteu a mão no armário e pegou um vestido dourado incrível, cintilante, que estava dentro de um saco transparente. Uma máscara dourada com uma pluma branca de um lado pendia do cabide prateado. Ela pendurou o vestido num dos braços e o trouxe, estendendo-o para que eu o pegasse. O vestido me deixou sem ar, e eu ainda estava me recuperando da conversa.

— É para mim? — perguntei.

— Kiran calculou mais ou menos as suas medidas — explicou Ariana.

— Ela normalmente acerta — disse Noelle. — É um talento.

— Mal posso acreditar — falei, desarmada.

Noelle deu de ombros.

— Liguei para a Roberto Cavalli e pedi que retribuíssem um favorzinho. Não dá para ir à Legado de jeans e camiseta — então me olhou da cabeça aos pés, achando graça. — Conversamos sobre isso mais tarde. — E, virando-se, ergueu sua basta cabeleira. — Você pode abrir o meu zíper?

Hesitei.

— Vai *tirar* a roupa?

— Não podemos sair do campus assim, de vestido de baile, Reed. Daria um pouco na vista — disse ela.

— Ah, bom.

Estendendo o braço, puxei o zíper para baixo, abrindo-lhe as costas do vestido. Ela deixou que ele escorregasse até o chão e depois, completamente nua, foi devagar até o armário para vestir o roupão de seda. Quando se virou, vi de relance a cicatriz avermelhada em sua barriga. Ela não parecia preocupada em escondê-la, nem com nenhuma outra coisa, aliás.

— Pega — disse Ariana, ainda me estendendo o vestido.

— É. Depois vai ver se a Kiran tem algum sapato que combine com ele — disse Noelle, rindo em seguida. — Com certeza deve ter.

Levantei com todo o cuidado o vestido, tirando-o dos braços de Ariana. Ela sorriu para mim, com orgulho. Como se fosse uma mãe vestindo a menina moleca para o baile de formatura. Eu não fazia ideia do que dizer. Sabia que devia agradecer a elas, mas como é que ia sair dali sem ter resolvido nada?

— Mas...

— A gente fala sobre isso depois — disse Noelle, com firmeza. — Agora pode ir. Daqui a uma hora já vai começar a escurecer.

Tive a sensação de que mais um momento de hesitação da minha parte poderia fazer com que ela perdesse as estribeiras, e até ali eu estava me dando relativamente bem. Então saí com o vestido, na esperança de que, algum dia, de alguma forma, tudo aquilo se resolvesse por si só.

COISA ESTRANHA

Uma hora e meia mais tarde, enquanto o trem da Amtrak atravessava áreas rurais e subúrbios, passando por árvores, torres de igrejas, escolas e parques, que, vistos das janelas, perdiam a nitidez, entendi o que Noelle havia querido dizer sobre não ter decidido ainda o que ia usar. Significava que todas as moças da Easton que iam ao baile se reuniriam no fundo do carro do trem, colocando e tirando vestidos, passando-os de uma para a outra, experimentando-os, rindo e mostrando as calcinhas e sutiãs para todos os rapazes verem. Faziam isso enquanto eu estava sentada sozinha em um banco duplo, já com meu vestido dourado e meu colar para entrar na Legado preso em torno do pescoço, evitando Natasha de todas as formas possíveis e imagináveis e me perguntando como é que tinha ido parar ali.

— É isso aí, gata! Tira tudo! — berrou Gage para a traseira do carro, soltando uivos com Dash. Uma tanguinha de seda veio voando e bateu na cara dele, acompanhada por uma rodada de risos femininos. Dash passou para Gage uma garrafa de bebida alcoólica, enquanto ele guardava a calcinha no bolso. Gage tomou um gole de vodca, sem tirar os olhos cobiçosos do espetáculo.

— E você não queria ir de trem, hein — disse ele a Dash, zombeteiro.

Dash sorriu, malicioso.

— Eu dou o braço a torcer quando cometo um erro.

— Ei, não está a fim de experimentar roupas também?

Olhei para cima e vi que era Josh, parado no corredor, com uma das mãos no encosto do meu banco e outra no encosto à minha frente. Ele estava uma gracinha de smoking preto, os cachos bagunçados como sempre.

— Já decidi, esse mesmo está bom — respondi, erguendo a máscara dourada do colo pelo cabo. Tinha colocado meu vestido no banheirinho apertado no momento em que entrei no trem e não ia tirá-lo por nada. Nunca na minha vida sequer tinha imaginado usar uma roupa tão divina.

— Ótimo. Eu também gostei — disse ele. Sorri e enrubesci. — Posso?

— Claro.

Fiquei muito feliz por Josh ter resolvido se sentar ao meu lado. Isso impediria Whit de se sentar ali quando terminasse de debater o último fiasco da Suprema Corte com os outros caras do seu andar. Aqueles que já haviam cansado de ver meninas peladas ou não estavam a fim disso.

— E aí, não vai levar alguém? — indaguei, quando ele terminou de se acomodar.

— Não posso. Tenho sorte de estar aqui — disse ele, dando de ombros. — Sou terceira geração. Foi por um triz que consegui.

— Ah!

— Mas você, hein! Faturou um dos poucos convites da escola inteira. Deve estar orgulhosa — provocou. — Mas não fiquei surpreso.

— Como assim? — indaguei, sem saber se devia me sentir ofendida.

— É que, de todas as meninas dessa escola, não me surpreende que o Whit tenha escolhido você — disse ele.

Fiquei vermelha, mas de felicidade. Estava longe de ter me ofendido.

— Também nem sei se convidaria alguém se tivesse direito — disse Josh. — A menos que encontrasse uma garota que valesse a pena, iria sozinho. É assim que eu sou, mesmo.

Ri e sacudi a cabeça.

— As meninas da escola te comeriam vivo.

— E daí? — falou ele. — E você, como vai, Reed Brennan?

Respirei fundo.

— Bem. Estou bem.

— Convincente — disse ele, balançando a cabeça, de brincadeira. — Se você continuar repetindo isso pode ser até que comece a acreditar.

Dei um sorriso triste, surpresa.

— Acha mesmo que Thomas vai aparecer por lá?

Josh olhou para a frente e deu um suspiro, inflando as bochechas por um instante. Passou o dedo num arranhão no encosto do banco à sua frente.

— Espero que sim. Para eu poder quebrar a cara dele.

Olhei para Josh, intrigada.

— Sabe, por fazer a gente se preocupar tanto — explicou.

— Ah, sim, entendo.

Nós nos entreolhamos um momento e, então, sem sentir, fiquei presa em seus olhos, verdes, bondosos, honestos e sem nada a esconder. Então Josh sorriu, e percebi que eu também estava sorrindo. Depois ele foi olhando mais para baixo, e, durante apenas uma fração de segundo, seu olhar se deteve em meus lábios.

E, de repente, meu coração bateu mais forte.

Bateu mais forte por Josh Hollis.

Desviei depressa o olhar, sentindo-me quente. Josh fez o mesmo. Thomas. Eu ia àquela festa para ver Thomas. Claro que Whittaker escolheu exatamente aquela hora para aparecer.

Minha cabeça girava.

— Boa-noite, Josh — disse ele, de forma educada. — Pelo visto, você está sentado no meu lugar.

Meu estômago revirou-se de nervosismo quando Josh me olhou. Respondi com uma cara de quem diz: *fazer o quê.*

— Até mais — falou Josh, ao se levantar. Whittaker recuou para deixá-lo passar.

— Até.

Whittaker sentou-se ao meu lado e passou o braço pesado por trás de mim, envolvendo os meus ombros.

— Esta noite vai ser incrível!

— Vai, sim — respondi, brincando com a minha máscara enquanto olhava para Josn por cima do encosto do banco. Ele estava conversando com Gage e Dash naquele momento, rindo como se nada de estranho tivesse acontecido. — Vai, sim, com certeza.

CALÇADA DA FAMA

Quando saímos do trem na Estação Central de Nova York, quase todos já estavam meio bêbados, portanto, não me surpreendi quando Kiran e Taylor se aproximaram de mim pelas costas, me deram os braços e me arrastaram pela estação, rindo e cochichando, embriagadas pela liberdade absoluta. Nossas vozes ecoaram pelo teto em cúpulas incrivelmente alto, enquanto atravessávamos o edifício, tentando não tropeçar nos vestidos de baile. Mal podia acreditar que estava em Nova York, capital do mundo. Mas o mais surpreendente mesmo era estar ali com aquelas pessoas, de vestido de baile chiquérrimo, recebendo olhares curiosos e admirados de todos ao nosso redor.

Senti-me como uma debutante, uma celebridade, alguém que certamente eu não era.

— Para onde estamos indo? — perguntei, no momento em que saímos, meio desequilibradas, da estação e pisamos na calçada, uma princesa de seis pernas e saltos muito altos.

O resto da turma vinha fechando o cortejo, falando alto, com ar confiante, sem se preocupar com quem os ouvia nem com quem olhava para eles. Os carros na avenida passavam voando, buzinando, desviando e pisando nos freios de repente. Um vendedor de cachorro-quente veio empurrando o carrinho ao longo do meio-fio, soltando palavrões sem se dirigir a ninguém em particular. Um bando de crianças com fantasias de Homem-Aranha e Bratz passou correndo, atrás de duas mães com ar irritado. Dois homens imensos de jaquetas pretas de couro gritaram insultos entre si ao passarem pelo nosso grupo, fazendo Rose e Cheyenne pularem para evitar serem atropeladas por eles. Em apenas cinco segundos naquela cidade, eu já tinha visto mais agitação do que em uma vida inteira em Croton, Pensilvânia.

— Já vai saber! — disse Kiran, cantando e arrastando-me para a rua.

Um bando de universitários com fantasias bonitas de vampiro e pó branco no rosto passou por nós, admirando-nos. Um cara alto de fantasia de macaco estava de mãos dadas com uma linda menina vestida como Naomi Watts no filme *King Kong* e a puxou para o outro lado da rua. Fantasmas e duendes berravam pelas janelas abertas dos táxis, e uma limusine passou com quatro caras de pé, com o tronco para fora do teto solar, todos vestidos de mulher com seios imensos, gritando a plenos pulmões.

— Adoro Nova York no Halloween — disse Noelle, tomando um gole de uma garrafinha. — É quando tudo é permitido.

Percorremos mais alguns quarteirões, dobramos algumas esquinas, até meus pés começarem a latejar naqueles sapatos de saltos altíssimos de Kiran. Eu comecei a me perguntar então por que aqueles riquinhos não tinham reservado uma limusine ou pelo menos tomado um táxi. Mas quanto mais andávamos, e mais passantes paravam para nos admirar, mais eu entendia. Eles todos queriam que as pessoas parassem e os olhassem extasiadas. Era a sua calçada da fama.

E por mim tudo bem, com dor ou sem dor, porque assim podia ver melhor a cidade. Fiz o possível para não ficar de boca aberta quando passamos por butiques espetaculares e restaurantes com toldos na entrada. Fiz uma força imensa para não espiar pelas janelas bem iluminadas e ver o interior das mansões de arenito marrom, algumas decoradas sobriamente com paredes brancas e pés-direitos altos, outras cheias de artefatos antigos e estantes transbordando de tantos livros. Nem mesmo estremeci quando passamos por uma mulher empurrando um carrinho de bebê, que podia ou não ser Sarah Jessica Parker, e que podia ou não ter parado para admirar meu vestido. Mas memorizei tudo. Memorizei e arquivei tudo, repetindo para mim mesma, sem parar, que aquele era meu lugar. Que não ia mais acordar daquele sonho. Que tudo aquilo estava mesmo acontecendo. Comigo.

Saímos em uma avenida larga, com ilhas no meio cheias de árvores e arbustos. Um casal de meia-idade de trajes de noite passou por nós, a saia de seda da mulher farfalhando atrás dela enquanto andava, seus imensos brincos de brilhante e rubi faiscando sob os postes de iluminação. Dei uma discreta olhada para a placa acima da minha cabeça, tentando não parecer muito caipira, e sorri. Estávamos na Park Avenue. A famosa Park Avenue. Existia mesmo, e eu, Reed Brennan, estava andando nela.

— Por aqui! — anunciou Dash, liderando o grupo, e atravessou a rua.

Passei por um Rolls-Royce, que se deslocava devagar, e tentei não ficar encarando, embasbacada, o motorista uniformizado enquanto Kiran, Taylor e eu sincronizávamos os nossos passos. Seguimos os outros pela rua, e eu caminhava olhando todas as portarias, notando os pisos de mármore refinados, os lustres cintilantes, os maravilhosos arranjos de flores. Estava completamente abismada com toda aquela opulência, e Kiran e Taylor se divertiam com o plaque-plaque dos nossos saltos, tanto que quase passamos direto por nossos amigos quando eles pararam, todos juntos, diante de um portão de ferro forjado. Pelo jeito, era ali.

Dash apertou uma campainha embutida em uma parede cinza de pedra, e dois segundos depois apareceu um homem imponente de uniforme de porteiro, verde com franjinhas douradas. Ele nos olhou com desdém como se fôssemos gentalha.

— Pois não? — disse ele, em voz anasalada.

Noelle aproximou-se dele, quase empurrando Dash para o lado. O porteiro não conseguiu deixar de mostrar-se extasiado diante de toda aquela beleza. Seus olhos desceram até o ponto logo acima dos seios dela, onde seu colar da Legado brilhava.

Os lábios finos do homem esticaram-se num sorriso e ele a cumprimentou, fazendo uma reverência.

— Sejam bem-vindos.

Ele destrancou o portão, que soltou um rangido como se fosse milenar. Dash arregaçou as mangas do smoking, mostrando um par de abotoaduras da Legado — a versão masculina do passe —, e o homem também o cumprimentou com uma reverência. Whittaker pegou minha mão, separando-me das minhas amigas, e mostrou suas abotoaduras ao passarmos. O porteiro olhou de relance para meu colar, e me arrepiei de emoção. Eu tinha conseguido entrar. Agora era hora de fazer o que tinha ido fazer ali.

A RECEPÇÃO

— Que lugar mais fantástico! — sussurrei para Whittaker enquanto passávamos pelos convidados. Sua mão estava quente e suada, praticamente esmagando a minha. Eu só queria parar e olhar em volta, mas Whittaker estava com uma pressa danada para chegar sabe-se lá onde.

— Vamos. Temos de conseguir um bom lugar para a recepção — disse ele, me apressando.

Eu segurava a máscara com a minha outra mão, trêmula, tentando enxergar à luz das velas. Pensei em tirá-la do rosto, mas todos os outros estavam usando máscaras, e eu não queria que desse na vista que era novata.

— Recepção?

Whittaker não respondeu. Estava tão escuro que eu mal podia distinguir os rostos ao meu redor, ainda mais com meu campo de visão ofuscado pelos paetês. Se a iluminação continuasse assim, eu nunca conseguiria encontrar Thomas. Principalmente se ele estivesse de máscara também, como todos os outros. Minha única esperança era Thomas resolver se destacar. O que, aliás, era bem possível.

Em torno de mim, saias farfalhavam, bebiam-se drinques, ouviam-se murmúrios. Para a festa do século, parecia bem tranquila, pelo menos até aquele instante. Olhando os convidados, não vi ninguém conhecido, nem mesmo meus colegas. Todos tinham se dispersado no segundo em que saímos do elevador, desaparecendo no mar de rostos mascarados.

Finalmente, Whittaker parou perto de uma parede, e eu consegui respirar. Ele sussurrou alguma coisa para um garçom alto e magro, que voltou dentro de uns minutos com dois drinques em uma bandeja. Whittaker me entregou uma bebida de um rosa intenso, em uma taça de martíni, e pegou o drinque pequeno e escuro. Tentei segurar a taça com uma das mãos e derrubei um pouco do líquido no piso de mármore deslumbrante. Pelo jeito, precisava de um pouco de prática.

Fiquei num impasse. Tirar a máscara ou cometer uma gafe imperdoável? Meti a máscara debaixo do braço para poder segurar o drinque com ambas as mãos.

— Quem é que mora aqui? — perguntei.

— Os Dreskin — disse Whittaker, sem se perturbar, enquanto olhava as dezenas de convidados que se encontravam no salão. — Donald Dreskin, Dee Dee Dreskin e os pais deles. São bons amigos da família.

— Ah, então já esteve aqui antes? — indaguei.

— Algumas vezes — respondeu ele. — E todo ano para este baile. Os Dreskin vêm dando o baile da Legado desde antes de eu nascer.

Ele falava daquilo como se fosse de alguma coisa normal. Como se todo dia ele fosse levado para alguma cobertura duplex da Park Avenue num elevador particular que exigia chaves para funcionar. Como se aquele apartamento, que tomava dois andares do edifício e onde minha casa inteira cabia pelo menos cinco vezes, fosse apenas uma residência como outra qualquer. Até ali tudo que eu havia visto tinha sido um foyer imenso com Picassos monstruosos e lustre art-déco, seguido por aquele salão gigantesco com janelas que davam para o Central Park, o famosíssimo Central Park, e eu já estava quase desmaiando de espanto.

De repente, ouviu-se um murmúrio estupefato que percorreu a multidão, e todos se viraram na nossa direção. Espiei sobre o ombro para entender o motivo daquele comportamento e vi que as duas portas imponentes atrás de nós estavam se abrindo. O piso daquele lado da sala era mais alto, três degraus acima do nível do salão, criando uma espécie de palco.

— Ah, pronto, aí está ele — disse Whittaker, ansioso.

Um homem alto de smoking passou pela porta, com uma máscara de palhaço de expressão maliciosa e feita de madeira. Ele uniu as mãos diante de si, entrelaçando os dedos, e todos fizeram silêncio.

— Sejam bem-vindos — disse o homem, a voz ligeiramente abafada pela máscara. — Como mestre de cerimônias da Legado deste ano, é minha honra, meu privilégio, convidar todos a entrarem no santuário. — Ouviu-se um burburinho de expectativa que até mesmo eu percebi, embora ainda não fizesse ideia do que estava acontecendo. O mestre de cerimônias ergueu um dedo, alertando: — Mas lembrem-se, o que virem aqui... o que fizerem... quem tocarem... quem comerem...

E ouviram-se risadas de todos os convidados, que já sabiam do que ele estava falando.

— Ninguém deve saber — disse ele. — Pois esta é a Legado, meus amigos. Vocês são os escolhidos. Por isso, reconciliem-se agora com seja qual for seu objeto do desejo, e nunca... se... arrependam.

E, depois disso, o mestre de cerimônias afastou-se para um dos lados, e todos se aproximaram das portas ao mesmo tempo, como se alguém tivesse ordenado uma evacuação de emergência.

— O que tem aí dentro? — perguntei a Whittaker, quando ele me puxou pela mão. Depois daquele discurso, estava me sentindo ligeiramente apreensiva.

— Já vai ver — disse Whittaker, com um sorriso malicioso.

A pressão da mão dele na minha aumentou quando nos aproximamos das portas duplas, e, pela primeira vez, comecei a me perguntar se não estaria encrencada.

DANCE SEM PARAR

Passar por aquelas portas foi como atravessar um espelho. Faixas de tecido vermelho, preto, rosa e roxo, de veludo e chifon, pendiam do teto de um enorme salão de baile. Laços com espelhinhos cintilantes estavam pendurados em toda parte, refletindo as luzes e projetando prismas nas centenas de rostos mascarados. Acrobatas pendiam de cordas de pano atadas ao teto, girando e rodopiando acima das nossas cabeças, seus corpos seminus pintados com redemoinhos de tinta colorida. No meio do salão, a maioria dos convidados já estava começando a dançar ao som da batida ensurdecedora que um DJ tinha colocado para tocar no canto oposto. Em um palco redondo ao lado dele, uma pequena orquestra tocava uma melodia desvairada, que se entremeava à batida para formar uma música bastante estranha, exótica, quase frenética. Mulheres belíssimas em fantasias elaboradas circulavam pela sala, oferecendo drinques e chamando as pessoas para reservados cercados por cortinas.

Minha cabeça girava. Havia muita coisa acontecendo ao mesmo tempo. Confusão demais, agitação demais. Simplesmente demais.

— Reed!

Kiran apareceu do nada e agarrou a minha mão.

— Vamos dançar! — gritou.

Olhei para Whittaker, que fez sinal para que eu aceitasse.

— Vá!

— Eu encontro você depois! — falei. No momento ele me parecia a única coisa concreta e segura na minha vida.

— Ou então eu te encontro — disse ele.

Aí, pela centésima vez naquela noite, deixei Kiran me arrastar. Atravessamos uma passagem ampla que parecia uma chapelaria, onde uma mulher alta vestida de anjo estava distribuindo presentes de vários tamanhos, embrulhados em papel branco. Um bando de mocinhas pegou seus presentes e correu para uma sala próxima com eles.

— O que elas estão fazendo? — indaguei.

— É o presente branco. É a lembrancinha do baile da Legado — disse Kiran, virando a cabeça para me olhar. — Sempre acima de mil dólares.

— Mil dólares? — indaguei, boquiaberta.

— É, mas mesmo assim, ninguém recebe o que quer — berrou Kiran. — A festa do troca-troca começa depois.

Inacreditável. Aquela festa era inacreditável. Quem é que seria capaz de adivinhar que existia tanta riqueza assim no mundo?

Finalmente na pista de dança, Kiran encontrou Noelle, Dash, Ariana, Taylor e Gage, que me girou no ar uma vez antes de me soltar para que eu ensaiasse meus próprios passos. Eu não sabia dançar muito bem e, por um momento, me senti meio envergonhada, mas depois olhei em volta e vi como os outros dançavam. Basta dizer que não vi ninguém que me impressionasse tanto assim. Fechei os olhos, ergui os braços e me entreguei ao ritmo.

Êxtase. Foi a única palavra que encontrei para expressar a sensação que experimentava. Quanto mais dançava, mais tudo que eu tinha passado, tudo que ainda esperava passar, ia sumindo. A música era tão alta que parecia reverberar em meus ossos, atravessar meus poros, nascer do meu próprio corpo, impedindo a entrada de qualquer outra coisa.

Aquilo tudo era perfeito. Perfeito. Isolada no meio da pista de dança, longe de Whittaker e daqueles reservados e do que pudesse estar acontecendo atrás das cortinas. Longe de Natasha e de suas ameaças, de Constance e suas acusações, de Thomas e sua traição e da preocupação que cercava cada pensamento que eu tinha sobre ele. Ali era o meu refúgio. Se ao menos eu pudesse ficar ali entre os meus amigos o resto da noite, estaria bem.

— Está se divertindo? — gritou Noelle, rodopiando até perto de mim e jogando os braços em torno do meu pescoço. Ela se moveu junto ao meu corpo, completamente segura, sem nenhuma inibição. Fiz o máximo para imitar seus movimentos, sua autoconfiança.

— Com certeza.

— Ótimo. Você precisa mesmo disso — disse Noelle.

— Quê? — indaguei. Eu tinha escutado, mas não sabia o que ela queria dizer.

— Você precisa disso! — repetiu ela, olhando-me direto nos olhos. — Aproveite!

Errei um passo e esbarrei no quadril dela. Ela sorriu, virou-se e voltou dançando para perto de Dash. Seria só impressão minha ou aquele "aproveite" tinha um "enquanto pode" implícito?

Ai, meu Deus! Elas estavam mesmo zangadas comigo por ceder à chantagem de Natasha. Iam me ferrar. Aquela noite era só uma concessão piedosa delas, a minha despedida. Estavam me deixando ver o seu mundo privilegiado por dentro, a Legado, só para eu sofrer mais quando me puxassem o tapete.

Virei-me, sentindo-me subitamente nauseada, e procurei por uma janela, uma sacada, qualquer lugar onde pudesse tomar um pouco de ar fresco. E foi aí que o vi e a sala inteira se moveu sob os meus pés.

Thomas.

CHOQUE DUPLO

— Reed! Reed! Aonde vai? — gritou Taylor às minhas costas.

Não respondi. Não podia. Não tinha tempo. Abri caminho pelos corpos, que rodopiavam na pista de dança, pisando em vários pés e provocando empurrões e xingamentos ao longo do caminho. Luzes estroboscópicas piscavam, braços distorciam minha visão, mas eu fiquei de olho nele como um atirador de elite mira um alvo hostil. Ele estava parado bem ali adiante, saboreando um drinque, com uma das mãos no bolso. Se ao menos se virasse um pouquinho para a esquerda, iria olhar direto para mim.

Se ele me visse, será que iria fugir? Será que iria se aproximar? Por que não olhava para o meu lado?

— Thomas! — gritei.

Estava chegando ao final da pista, quando ele se virou, ergueu uma das cortinas escuras e desapareceu atrás dela. Segurei a saia no alto e corri, desviando-me de um casal que estava dando um amasso perto de um dos bares, abaixando-me quando uma acrobata chegou perigosamente perto, correndo o risco de se espetar em um dos meus prendedores de cabelo. Arquejante, afastei a cortina e o vi, de costas para mim. Agarrei seu ombro e o virei.

— Thomas! — falei, muito baixo, sem fôlego.

Mas não era Thomas, longe disso. O cara voltou os olhos castanhos e assustados para mim e abaixou-se para sair do reservado rapidamente, como se tivesse sido surpreendido fazendo algo de errado. Era alto demais, seus cabelos eram longos demais. Não se parecia nada com Thomas. Como é que eu podia tê-lo confundido com o meu namorado.

Meu coração batia forte no peito. Ergui os olhos, embaçados e confusos, e levei tamanho susto que fiquei sem fôlego. Pela primeira vez notei que não estava sozinha. Notei por que o clone de Thomas tinha saído tão depressa, com cara de culpado.

Em um canto, com a perna em torno do colo de outra menina, as mãos mergulhadas nos cabelos louros de outra menina, a língua metida na boca de outra menina, estava nada mais nada menos do que Natasha Crenshaw.

— Ai, meu Deus! — falei, em voz alta.

Natasha virou-se, arquejante, e pela primeira vez vi claramente o rosto da menina que estava atrás dela, as bochechas rechonchudas, a maquiagem pesada, os lábios inchados de tanto beijar de Leanne Shore.

O TROCO

— Ah, essa não! — disse Leanne, contrariada.

É. Tão simpática quanto eu me lembrava que era.

— Perdoem-me — falei, recuando. — Pensei ter visto alguém que conhecia e por isso entrei aqui, e...

Natasha abaixou as pernas e ajeitou a saia. Apoiou as mãos nos joelhos, respirou fundo e ficou de pé. Seus seios subiam e desciam naquele tomara que caia, e ela puxou o vestido para cima para cobri-los melhor.

— Eu já vou — falei, sentindo-me ameaçada.

— Não vá — pediu Natasha.

Gelei. Embora eu preferisse estar em cem mil outros lugares naquela hora, não consegui me mexer.

— Não pode contar isso a ninguém, Reed — disse Natasha, suplicante. — Por favor. Sei que me odeia, com razão, mas estou implorando. Não conte a ninguém.

Engoli em seco e olhei para ela e para Leanne, que estava evitando meu olhar, e suas mãos espalmadas na espreguiçadeira, dos lados do corpo. Natasha estava implorando? Será que tinha mesmo admitido que eu tinha razão para odiá-la? Natasha Crenshaw, a Ditadora?

— Não vou contar — falei. — Juro.

Natasha suspirou aliviada e olhou para o chão.

— Vocês duas... estão namorando? — indaguei.

Natasha e Leanne entreolharam-se durante alguns instantes. Por fim, Natasha voltou a sentar-se ao lado de Leanne, a anágua de seu vestido farfalhando. Elas fitaram-se demoradamente. Lá fora a música continuava frenética.

— Vai, conta — disse Leanne, desistindo, afinal. Recostou-se contra a parede e cruzou os braços sobre a barriga. — Conta. Ela precisa saber quem são essas meninas.

Por que eu tive a sensação de que aquilo tudo ia fazer um pouco mais de sentido do que eu queria?

Natasha ergueu a mão de Leanne e elas entrelaçaram os dedos.

— Estamos — disse ela, sem rodeios. — Já estamos juntas desde o segundo ano.

— E por isso é que me obrigou a bisbilhotar as coisas dos outros — falei, sentando-me no banco diante delas. — Por isso é que queria tanto que Leanne voltasse.

Natasha inclinou a cabeça para a frente e suspirou.

— Reed, a chantagem era uma farsa. Eu não estava chantageando você. Noelle é que estava me chantageando.

Sacudi ligeiramente a cabeça quando ouvi isso.

— Espere aí um instante. Acho que não ouvi bem. O que foi que você disse?

— Elas me mandaram tirar aquelas fotos, Reed — disse Natasha, inclinando-se para a frente. — Me pediram para chantagear você.

Senti como se um dos acrobatas tivesse acabado de entrar ali, me virando de ponta-cabeça e me jogando de novo no chão. Fiquei olhando a parede entre Natasha e Leanne, tentando respirar. Pontinhos pretos minúsculos surgiram na minha frente e fechei os olhos ao sentir uma onda de náusea rodopiante.

— Está se sentindo bem? — indagou Natasha.

Pus minha mão fria e úmida contra a testa, que estava fervendo.

— Por quê? Por quê? Por... — Foram as únicas palavras que eu consegui dizer. Abri os olhos e tentei focalizar Natasha. — Por que você faria isso comigo?

— Porque elas ameaçaram contar a todos sobre nós — disse Natasha, olhando de relance para Leanne.

— E daí? Estavam com medo de serem deserdadas pelos seus pais republicanos? É isso? — indaguei.

— Não! Não foi por mim — disse Natasha. — Meus pais sabem que sou lésbica. Contei a eles quando tinha treze anos. Eles até acham legal. Acham que os outros vão nos considerar uma família moderna, essas coisas.

— Então, por quê? — indaguei de novo. — Não entendo.

— Ela fez por mim, tá? — berrou Leanne. — Meu Deus, como você é idiota! Se meus pais descobrissem que nós namoramos, eles me colocariam no olho da rua num instante — e estalou os dedos. — Eles não só me deserdariam, eles me destruiriam. Eu teria sorte de arranjar emprego naquela porcaria da Gap, entende? Ela fez isso por mim.

Senti que tinha ficado boquiaberta. Vi Natasha aproximar-se e tocar o rosto de Leanne suavemente com o dorso da mão. Leanne deu um suspiro trêmulo e enxugou uma lágrima. Depois elas se beijaram. Devagar, de maneira terna e consoladora. Quando se afastaram, Natasha encostou a testa na de Leanne e elas respiraram juntas.

Não eram só um casal. Eram um casal apaixonado.

E, ao perceber isso, perdoei completamente Natasha. Ela tinha feito tudo aquilo por amor, assim como eu, quando ocultei da polícia o bilhete de Thomas, assim como eu tinha alimentado a esperança de vê-lo naquela noite. Além disso, tinha feito porque Noelle havia ameaçado revelar seu segredo, e se havia uma coisa que nós três sabíamos era que Noelle cumpria suas ameaças. Natasha, como eu, não tinha tido escolha.

Suspirei fundo e tentei pensar logicamente, imaginando o que fazer a seguir, o que podia precisar saber para fazer o que precisava ser feito em seguida. Era preciso fazer uma pergunta óbvia.

— Por que elas fariam isso? — perguntei, agarrando o estofado macio dos dois lados do meu corpo. — Por que chantageariam você para me mandar bisbilhotar os quartos delas? Elas deviam saber que eu estaria ferrada se me expulsassem. Deviam saber que eu ia fazer isso. Quero dizer, você devia ter visto algumas das coisas que eu encontrei, como eram constrangedoras. Será que não se preocuparam com isso?

— Talvez deva perguntar a elas — disse Leanne, em tom antipático.

— Ela tem razão. Vai acreditar mais se a explicação vier diretamente delas — disse Natasha.

Concordei, ainda semicatatônica de choque. Ouvir da boca das meninas. Muito bem. Elas precisavam mesmo me explicar um milhão de coisas.

— E agora será que podia se retirar? — indagou Leanne, segurando a mão de Natasha em seu colo. — A gente não se encontra mais com tanta frequência quanto antes.

Disse isso como quem estivesse querendo me acusar. Como se fosse culpa minha. Mas imagino que, de certa forma, era mesmo.

— Tá legal. Desculpem — falei, levantando-me trêmula, equilibrando-me nos meus sapatos salto nove. Parei diante da cortina e olhei para trás, para Natasha. — E não se preocupe. Não vou contar a ninguém.

Natasha sorriu. O primeiro sorriso genuíno que tinha me dirigido.

— Obrigada, Reed.

Ergui a cortina e me abaixei para sair.

PEÃO

Por quê? Por que elas fariam isso comigo? Por quê, por quê, por quê?

Parei um momento em frente ao reservado para recuperar o fôlego, a armação do corpete do meu vestido cortava minha pele quente e sensível. Procurava uma resposta sem parar, mas não encontrava nada. O que as Meninas do Billings teriam a ganhar fazendo-me bisbilhotar os quartos delas? Será que queriam que eu descobrisse seus segredos doentios? Será que desejavam que eu encontrasse a prova do que tinham feito com Leanne? E, se queriam, eu voltava à primeira pergunta:

Por quê?

Era só um grande jogo perverso. Não podia ser outra coisa. E Natasha, Leanne e eu éramos os peões. Manipular-nos as divertia. Ver até que ponto iríamos era empolgante. Era a única explicação. Quando eu tinha ido até o quarto delas antes da festa, para confessar meu crime e entregar o pen drive, elas sabiam o que eu havia feito. Sabiam o tempo todo. Tinham armado tudo aquilo.

Deviam ter passado todo aquele tempo rindo de mim pelas costas. *Olha o que a Reed está fazendo. Olha como ela é burra. Olha só quanto poder exercemos sobre ela.*

Quanto mais pensava no assunto, mais eu sentia vontade de arrancar os cabelos de alguém.

Fiquei de pé, bem ereta, respirei fundo e fui direto para a pista de dança. Elas iam ver só.

Fora de mim de tanta raiva, deixando-me levar por aquela onda de adrenalina, passei através da multidão, levando uma cotovelada ali, um esbarrão com o quadril acolá, e encontrei Noelle, Ariana, Taylor e Kiran exatamente onde estavam antes, no meio do salão. Parei diante de Noelle, com dificuldade de respirar de tanto que fervia. Ela parou de dançar.

— Precisamos conversar — pedi.

— Reed, que é que houve, calma — disse ela, falando arrastado, descansando os pulsos nos meus ombros. — Estamos numa festa! É isso que a gente faz. Ou não há festas lá nos cafundós da Pensilvânia?

Agarrei-lhe os pulsos, joguei um para longe e segurei o outro com força entre os dedos, pressionando-o. Imediatamente, senti Ariana, Kiran e Taylor cercando-me. Eu não tinha para onde fugir, mas não me importei.

— Nós precisamos conversar — falei, dessa vez entredentes.

Os olhos de Noelle se arregalaram.

— Reed, está todo mundo olhando pra você.

— Podem olhar, e posso falar bem mais alto se precisar — disse a ela. — Mas acho que não vai querer que toda essa gente escute as coisas que tenho para dizer.

Noelle me olhou durante muito tempo, tentando decidir se eu estava blefando ou não. Eu estava. Claro. Se começasse a me lamentar e a fazer acusações, não só iria revelar os segredos de Natasha e de Leanne como também iria estar dando uma de ingênua e fraca. Não estava nem um pouco a fim de fazer isso.

Semicerrei os olhos. Quanto mais tempo ficávamos ali paradas, mais eu percebia que estava ganhando. Vi que ela estava começando a ceder. Talvez esse fosse um jogo que duas pessoas pudessem jogar.

— Tá bem — disse ela, tirando a mão dos meus dedos. — Não precisa ficar agressiva. — E olhou para as outras, por cima do meu ombro. — Senhoras, vamos arranjar uma sala.

CHEGA DE SEGREDOS

— Bom, Reed, estamos todas aqui — disse Noelle, cautelosa, sentando-se em uma poltrona grande de veludo em um dos reservados. Sacudiu os pés, livrando-se dos sapatos, e os puxou para debaixo da saia rodada, como se estivesse se acomodando para tomar uma xícara de chá e bater um papo longo e prazeroso. As outras reuniram-se em torno dela, sentando-se em banquinhos e cadeiras.

Tudo perfeitamente tranquilo e civilizado. Um quadro vivo de mulheres belas, equilibradas, privilegiadas. E o tempo todo eu sentia que estava fervendo por dentro.

— Sei o que vocês fizeram — falei. — Sei que chantagearam Natasha para ela me chantagear.

Noelle olhou para mim, surpresa.

— E o que quer, uma medalha?

Meus dedos flexionaram-se dos lados do corpo.

— Quero saber por quê — expliquei. — Por que fariam isso comigo? O que teriam a ganhar?

Noelle respirou fundo, olhando para a esquerda, como se estivesse entediada.

— Não é o que *nós* temos a ganhar, mas *você* — disse Ariana, descansando languidamente em sua espreguiçadeira. Todas me olharam na expectativa, como se estivessem esperando que eu agradecesse alguma coisa.

— Como assim? — indaguei. — Não entendo o que isso significa.

— Significa que estávamos testando, e você passou! — anunciou Kiran, solenemente. E tirou sua garrafinha de sempre da bolsa, erguendo-a. — Vamos comemorar?

Fechei os olhos, sentindo nova onda de frustração. Estava ainda mais confusa agora do que estava ao entrar ali.

— Testando? Como? Para quê? — perguntei.

Kiran tomou um gole demorado e tocou seus lábios com as pontas dos dedos. Noelle sacudiu a cabeça, já de saco cheio. Ariana simplesmente assistia a tudo.

— Para ver se podíamos confiar em você — disse Taylor, baixinho, olhando para o chão. Seus pés estavam virados para dentro, como uma criança que espera a mãe no ponto de ônibus. — Fizemos isso para saber se podíamos confiar em você.

Para saber se podiam confiar em mim. Para saber se podiam confiar em *mim*?

— E eu passei? Como é possível? — indaguei. — Revistei os quartos de vocês. Encontrei todos os tipos de coisas malucas e pessoais. Violei a privacidade de cada uma. Como é possível que eu tenha passado?

Noelle riu.

— Você não violou nada. Nós colocamos todas aquelas coisas lá para você encontrar.

— *Quê?* — Bom, depois dessa eu tive de me sentar. Deixei-me cair no banco estofado de veludo mais próximo e escorreguei, afundando nele. As minhas últimas semanas passaram diante de mim num piscar de olhos. Será que alguma coisa ali tinha sido real? — Por favor, me digam que estão brincando.

— Você acha mesmo que eu como doces escondido? — disse Kiran, resfolegando ao prender o riso. — Tenha dó. Eu como o que quero, quando quero. Minha constituição genética saudável me permite isso.

— É. Foi tudo ideia minha — disse Taylor, visivelmente orgulhosa.

— Mas o diário de CDF da Taylor foi ideia minha — observou Kiran. — Foi coisa de gênio, tem de admitir.

— Foi excelente — disse Taylor. — Mas passei dias com câimbras nos dedos.

— As fotos do Dash, porém, são verdadeiras. Sem retoque — disse Noelle, com um sorriso de satisfação. — Tenho sorte, não tenho?

Senti gosto de bile no fundo da garganta. Não só tinham me enganado, como tinham planejado tudo com todos os detalhes. Deviam ter levado vários dias bolando e executando o plano. O tempo todo estavam tramando e conspirando pelas minhas costas. Eu tinha pensado que eram minhas amigas, mas desde o primeiro dia elas estavam brincando comigo. Será que alguma coisa do que tinham me dito era verdade?

— Nunca vou me esquecer da sua cara naquela primeira manhã depois de Natasha ter lhe mostrado as fotos — disse Kiran, toda risonha. — No meu aniversário, lembra? Cada vez que lhe entregávamos um presente, você ia ficando mais e mais verde.

— Foi o momento perfeito — disse Ariana. — Você devia estar morrendo de culpa — acrescentou com orgulho.

— Francamente, estou um pouco surpresa por você não ter percebido — disse-me Noelle. — Nós quase nos entregamos, várias vezes.

— Tipo naquela manhã em que encontrei você no nosso quarto? Eu não devia estar ali — disse Taylor. — Eu me esqueci totalmente que você estaria bisbilhotando. Mas quando a vi era capaz de jurar que já tinha olhado embaixo da minha cama. E aí vim com aquela coisa do trabalho e você foi tão legal. "Todos sempre dizem que você é a pessoa mais inteligente que já frequentou esta escola", repetiu minhas palavras. — Palavras que eu disse na intenção de fazê-la sentir-se bem. — Foi muita delicadeza sua, Reed!

— E depois, aquela besteirada toda das senhas? — disse Kiran. — Nós te demos todas aquelas informações para você encontrar a senha da Ariana de propósito.

— Só que minha agenda deve ter deixado você maluquinha — disse Ariana. — Desculpa, viu.

Nunca eu tinha me sentido tão humilhada na vida. Elas sabiam o tempo todo. E tinham feito tudo aquilo sabendo o que eu faria a seguir. Na noite em que Ariana me deu a bolsa, me deu de propósito. Eu não tinha sido esperta, nem sutil, nem conseguido disfarçar nada. Eu tinha sido enganada.

— Bom, mas o teste mesmo era se você ia nos entregar caso encontrasse alguma coisa comprometedora — disse Noelle. — Se nós ameaçássemos tirar todo o seu mundo, ou seja, expulsar você da Easton, e mesmo assim permanecesse leal a nós, você passaria.

— E você passou — disse Ariana. — Agora sabemos que podemos confiar em você. Para tudo.

Senti um calafrio e me envolvi em meus braços. Aquilo não podia estar acontecendo. Todo aquele medo, todas aquelas incursões clandestinas, toda aquela culpa. Tudo por nada.

— O que teriam feito se eu fosse direto ao diretor e entregasse aquele pen drive a ele? — indaguei, olhando para o chão. — Era um jogo meio perigoso esse que estavam jogando, não? Podiam ter sido expulsas da escola. Todas vocês.

Noelle tornou a rir e dessa vez as outras a imitaram em uníssono.

— Reed, pelo amor de Deus, eles iam precisar bem mais do que isso para nos expulsar da escola. Perigo? Não, nunca corremos nenhum perigo.

— Mas você, sim — disse Kiran, apontando para mim. — Você correu perigo. Se aquelas fotos tivessem sido divulgadas, você estaria em um ônibus, voltando para Croton, antes de conseguir se despedir.

— Elas são bastante incriminadoras — acrescentou Noelle, sem rodeios.

Apertei as mãos sobre o banco, dos lados do corpo, e inclinei-me para a frente, procurando conter uma náusea bem forte, enquanto elas riam. Aquilo para elas era engraçado. Era tudo muito engraçado, brincar com os sentimentos das pessoas. Com suas vidas. Com seus futuros.

— Ah, Reed, qual é?! — disse Ariana, ficando de pé. E veio para perto de mim, sentando-se ao meu lado, passando um braço ao redor dos meus ombros e tocando meu pulso com a outra mão. Seus dedos estavam gelados. — Agora você sabe. Vai ficar tudo bem. Não entende o que tudo isso significa?

Significa que vocês são doidas. Significa que são perversas. Significa que eu me aliei a um bando de garotas diabólicas.

— Significa que é uma de nós agora — disse Ariana, baixinho. — De verdade, mesmo.

— Significa que não vai ter mais de dar uma de Cinderela — disse Taylor.

— O que é meio chato, na verdade, porque detesto fazer minha cama — acrescentou Kiran, tomando mais um gole da bebida.

— Significa que você entrou no grupo — declarou Noelle. — Desta vez de verdade. Daqui para frente, não vai haver mais segredos.

Alguma coisa nessas palavras me emocionou. Até mesmo naquele meu desespero, que me causava enjoo e fazia minha cabeça girar loucamente, eu ainda estava entusiasmada com a ideia de ser aceita por aquelas malucas. O que havia de errado comigo?

Eu tinha sido seduzida. Sem sombra de dúvida. Não havia como voltar atrás. Finalmente olhei para cima e encontrei os olhos escuros de Noelle no outro lado da sala.

— Não vai haver mais segredos? — indaguei.

— Não.

Respirei fundo e olhei para Ariana. Ela me contemplou com aquele seu sorriso enigmático. Em parte, eu ainda estava zangada. E sabia que, de certa forma, sempre estaria. Mas eu tinha escolhido isso. Quando havia sido recebida no Billings, eu sabia o que aquelas meninas eram capazes de fazer, pelo menos até certo ponto, e mesmo assim tinha resolvido me unir a elas porque sabia o que podiam fazer por mim. Sabia o tipo de futuro que me aguardava se fizesse parte do seu grupo. E ali, naquele momento, elas estavam me fazendo sentir especial. Importante. Como se eu tivesse amigas de verdade. No fim, aquele jogo todo era para isso. Elas podiam ter um jeito meio esquisito de alcançar seus objetivos, mas só queriam ter certeza de que eu era mesmo amiga delas.

Aquilo tudo era só para confirmar minha lealdade, como Whittaker tinha dito. A lealdade estava acima de tudo.

Eu tinha oficialmente aprendido a lição.

— E aí, tudo bem? — perguntou Ariana, afinal.

— Podemos voltar para a festa, gente? — acrescentou Noelle, levantando-se. — Para mim, esta conversa já terminou faz tempo.

— Claro! — respondi, e mal pude acreditar que tinha dito isso. — Tudo bem.

Eu estava exausta, depois que a minha onda de adrenalina havia passado, mas dei um jeito de me levantar do banco mesmo assim. Taylor me deu um rápido abraço e saiu antes de todas. Kiran beijou-me nas duas bochechas e deu uma piscadela para mim, depois seguiu Taylor. Ariana simplesmente ergueu a cortina e abaixou-se para sair. Eu estava para ir atrás dela, quando percebi que não tinha feito ainda a pergunta mais importante da noite. Parei e virei-me, ficando de frente para Noelle.

— E então, aqueles arquivos que encontrei no computador da Ariana, os gabaritos e as mensagens instantâneas, também foram invenção de vocês? — indaguei.

Noelle sorriu devagar.

— Tudo tem um motivo, lembra, Reed? Tudo tem um motivo.

FIM DE FESTA

Horas depois, saímos juntas na Park Avenue, segurando as mãos umas das outras, rindo, tentando levantar Kiran enquanto ela tropeçava e cambaleava. A noite inteira tinha passado num flash, entre bebidas e danças, histórias e visões. Eu tinha evitado os reservados durante o resto da noite, procurando ficar na segurança da pista de dança com o restante das meninas. Noelle e Dash desapareceram durante uma hora e voltaram descabelados, cansados e satisfeitos. Kiran havia saído com um grupo de Kent e tinha voltado depois com um vestido diferente, o que fez todos rirem. Uma piada que eu não entendi direito, mas não fiz perguntas. Tive a sensação de que eu não queria saber.

Graças à tradição do presente branco, Kiran estava com uma estola de pele branca sobre o vestido novo, Taylor, com uma belíssima bolsa Chanel, Ariana, com um par de sapatos Dior pendurado nos dedos e Noelle, com uma tiara de cristal que eu sabia que ia acabar no monte de lixo debaixo da cama dela no momento em que chegássemos em casa. Eu tinha trocado um cinto de grife muito feio com uma menina de Barton por um belo anel de ouro branco e safira que agora trazia no dedo anular da mão direita. Fora os brincos que Whittaker havia me dado, essa era minha primeira joia. Eu não conseguia deixar de erguer a mão para admirar o anel a cada cinco segundos.

Estava fazendo justamente isso quando uma mão carnuda pegou a minha e o portão do pátio se trancou atrás de nós. Olhei para cima, assustada e meio bêbada, e vi Whittaker.

— Whit! — disse, com um sorriso. — Por onde andou?

— Era exatamente o que eu ia lhe perguntar — rebateu ele, de um jeito meio petulante. — Eu mal a vi a noite inteira.

Noelle, Ariana e Taylor deram risadinhas abafadas atrás de mim, resfolegando pelo nariz.

— Eu sei. Desculpe — falei, pondo a mão em seu peito. — Estava comemorando com as minhas amigas.

— Comemorando o quê? — perguntou ele.

Noelle aproximou-se e passou o braço em torno dos ombros avantajados de Whittaker.

— Coisa de mulher, querido. Coisa de mulher — disse ela, dando tapinhas em seu rosto ao pronunciar as três últimas palavras.

Isso a fez começar a rir histericamente, e eu tive de rir também. Talvez estivesse um pouco mais bêbada do que pensava.

— Vamos, pessoal — disse Josh, tentando organizar a bagunça. — Vamos perder o último trem.

Nós o seguimos, uma confusão de saltos altos e seda, camisas desabotoadas e paletós perdidos. Whittaker, que parecia totalmente sóbrio, me segurou, e fiquei grata pelo seu calor e pelo amparo que me proporcionou. Eu ouvira os passos instáveis das meninas atrás de mim e sabia que seria um milagre se nenhuma delas quebrasse o tornozelo.

— Pelo menos se divertiu? — indagou ele.

— Ah! Muito! — anunciei. — Muitíssimo obrigada por me convidar.

— Não há de quê — disse ele, apertando-me um pouco mais contra si. — Andei pensando, sabe, talvez, quando ficar mais frio, possamos viajar até a casa da minha família em Tahoe. Tenho certeza de que meus pais iriam adorar conhecê-la.

Eu tropecei numa fresta da calçada e me agarrei nele para me equilibrar.

Pais. Conhecer. Conhecer os pais. Não. Nada feito. Por um momento o mundo girou, mas depois tudo voltou ao seu lugar. Empurrei Whittaker, afastando-me um pouco dele, e me equilibrei inclinando a cabeça para trás, para olhar para ele.

— Whit? Posso conversar a sós com você um momento? — pedi.

— Claro — disse ele. E olhou para os outros. — Podem ir na frente. A gente não demora.

Noelle me lançou um olhar de quem já sabia o que estava acontecendo, depois saiu andando com os outros. Suspirei profundamente. Até mesmo de porre como eu estava, sabia o que precisava fazer. Já estava enrolando Whit há muito tempo. Ele merecia saber a verdade.

— Whittaker, sinto muitíssimo, mas acho que não dá para a gente continuar saindo.

— Como disse? — indagou ele.

— Desculpe. Eu gosto mesmo de você. Você é muito legal — expliquei. — Mas a verdade é que... não me sinto atraída por você.

— Ah! — disse Whittaker, olhando para os sapatos. — Puxa, isso doeu.

— Desculpe-me! Eu não queria que sofresse — falei, os olhos cheios d'água. — Só achei que você merecia saber a verdade.

Whittaker inspirou e concordou.

— Obrigado — disse ele, levando na esportiva. — Não posso dizer que não estou decepcionado, mas fico feliz que tenha sido sincera.

Inclinei a cabeça.

— Ah, Whit, você vai fazer uma menina muito feliz um dia!

Whittaker riu.

— Espero que sim — disse.

Eu me desequilibrei um pouco, e ele passou o braço ao redor dos meus ombros. Eu tinha acabado de romper com Whit, e ele ainda estava cuidando de mim, me amparando. Aquilo me fez lembrar de Constance e de como ela havia segurado minha mão durante o serviço naquela manhã em que tinham anunciado o desaparecimento de Thomas. De repente, com tristeza, torci mais do que nunca para os dois se entenderem. Eram simplesmente perfeitos um para o outro.

— Vai, sim! — afirmei, arrastando a fala e misturando as palavras. — Aliás, eu conheço uma pessoa. Você também a conhece. Só precisa sair com ela uma vez que vai se apaixonar perdidamente.

Whittaker sorriu, melancólico.

— Talvez a gente devesse conversar sobre isso no trem — pediu, começando a andar e me levando com ele.

— Tá — assenti, semicerrando os olhos enquanto percorríamos a rua.

O trem, um banco macio, talvez uma soneca, parecia uma ideia fabulosa. Mas mesmo ansiando por isso, não podia acreditar que tudo tinha terminado. A Legado, meu "namoro" com Whit, minha primeira viagem a Nova York, tudo tinha passado. E muito rápido, sem nem um sinal do Thomas.

No fim, ele nem tinha aparecido. No fim, eu nem precisava ter vindo ao baile. Inspirei profundamente e suspirei, amuada. De repente, só consegui pensar em voltar para Easton e deixar tudo aquilo para trás.

VIDA NOVA

Descansei uma das têmporas contra o vidro frio da janela do trem e assisti ao mundo ganhando vida enquanto o sol subia vagarosamente acima das árvores em tons outonais. O zunido do trem já havia feito a maioria dos meus colegas dormir, mas eu não conseguia tirar os olhos da paisagem lá fora. Era de uma beleza incrível. Bela, indefinida, cheia de possibilidades. Eu não queria perder nada.

Todos ao meu redor estavam dormindo e roncando. Noelle tinha desmaiado com a cabeça no ombro de Dash, a tiara meio caída de lado. Ele havia puxado o paletó para cobrir metade do rosto, e seu braço descansava nas costas da Noelle, os dedos envolvendo o cotovelo dela, de um jeito terno, carinhoso. De vez em quando eu os espiava de novo e sorria. Era a primeira vez que os via tão relaxados assim.

Em alguma parte do fundo do vagão, Ariana e Taylor cochichavam. Kiran estava inconsciente, deitada em um banco de três lugares com sua estola de peles sob a cabeça, apoiada no colo de Gage, e o paletó de Whittaker sobre o corpo.

Whit tinha tentado fazer Gage dar o paletó a ela, mas Gage havia respondido: "Ah, claro! Eu também sinto frio, tá?" Portanto Whittaker tinha tirado o seu paletó para estendê-lo sobre Kiran. Agora Whit estava cochilando na parte da frente do vagão, os braços em torno do seu próprio corpo, roncando mais alto que todos.

Ouvi um suspiro e olhei de relance para a esquerda. Natasha estava sentada com as costas bem eretas à janela do outro lado do corredor, com o joelho dobrado e o pé no banco, o cotovelo pousado no joelho, os dedos apoiando o queixo. Contemplava o mundo, pensativa e triste, e eu me perguntava como seria nossa relação dali por diante. Ela havia dividido o maior segredo de sua vida comigo, embora não tivesse sido por sua escolha. Será que seríamos amigas agora? Ou continuaríamos inimigas? Esperava que fosse a primeira opção. Agora que eu sabia que ela não era uma chantagista, tinha a sensação de que talvez fosse interessante conhecê-la melhor.

Alguém cruzou minha linha de visão, e pisquei, saindo de um transe no qual não tinha percebido que estava. Olhei devagar para cima, e, ao ver o rosto de Josh, meu coração deu um pulo. Era a segunda vez naquela noite. O que exatamente meu coração queria?

— Oi — falei.

— Oi. Posso? — Apontando para o banco vazio ao meu lado.

— Claro! — respondi.

Josh sentou-se e soltou um suspiro, pressionando as coxas com as mãos e recostando-se no banco. De todos os caras no trem, ele era o menos desalinhado. A camisa ainda estava por dentro da calça e só um botão desabotoado, a gravata apenas ligeiramente frouxa. Não deixei de notar que isso significava que Josh tinha ficado na dele a maior parte da noite. E, não sei por quê, perceber isso me deixou feliz.

— E aí, noite interessante, não? — disse ele.

— Com certeza. Com toda a certeza — respondi.

— Mas... nada do Thomas.

O trem descreveu uma curva e guinchou loucamente. Prendi a respiração e pressionei os dedos no banco. Josh soltou uma risadinha e tocou o meu braço.

— Tudo bem, é só uma curva — disse.

— Não, eu sei — falei.

O que tinha me assustado mais era que eu não havia pensado em Thomas sequer uma vez depois que tinha visto Leanne e Natasha juntas. Eu havia me esquecido completamente dele.

E talvez fosse bom.

— Tenho certeza de que ele está bem — comentei, só para ter alguma coisa para falar.

A verdade era que, naquele exato momento, eu não me importava mais. Ele tinha me abandonado. Tinha sumido sem nem se despedir de mim e deixado eu me virar com as Meninas do Billings, com Whittaker e com a polícia. Era óbvio que não ligava para mim. Eu tinha feito tudo que podia, até saído com um cara pelo qual eu não sentia a menor atração, para conseguir um convite para ir à Legado e ter a chance de vê-lo, mas ele nem mesmo tinha se importado em comparecer. Ele devia saber que havia uma boa chance de eu estar lá, mas não se importava.

Não. A partir daquele momento, Thomas Pearson já era. A partir daquele momento, era vida nova para mim.

— É, tenho certeza de que está — disse Josh, parecendo não estar nem um pouco convencido.

— Sabe de uma coisa? Não quero mais falar do Thomas — pedi. — Quero dizer, quero que ele esteja bem e tudo, mas, pra ser sincera, ele para mim já era. Está por aí, levando a vida dele, e tudo bem. Mas isso também significa que eu posso levar a minha.

Josh olhou de relance para mim, as sobrancelhas erguidas.

— É mesmo?

— Mesmo — respondi, balançando a cabeça.

— Muito saudável da sua parte — disse ele.

— Acho que sim.

E depois disso, dei um grande bocejo, sentindo-me como se mais ou menos um litro de adrenalina tivesse deixado meu corpo. Meus olhos fecharam-se, e eu me inclinei para o lado, descansando a cabeça no ombro de Josh.

— Está cansada? — indagou ele.

— É. Um pouco.

— Olha só, vem cá.

E erguendo o braço, deixou que eu me aconchegasse junto ao corpo dele. Minha pulsação acelerou-se com a intimidade desse gesto, mas também senti que era perfeitamente normal. Josh, no mínimo, tinha sido um bom amigo durante as últimas semanas, e agora eu estava descobrindo que me sentia totalmente à vontade com ele. Mais confortável do que jamais havia me sentido com Whit. Certamente mais confortável do que jamais havia me sentido com Thomas, que vivia me surpreendendo, tanto no bom quanto no mau sentido.

Passaram-se apenas dois segundos antes que eu começasse a sentir meu pescoço doer. Movi a cabeça, tentando encontrar uma posição melhor, e Josh tornou a erguer o braço e me empurrou, me fazendo descansar a cabeça em sua coxa.

Ah, aquilo sim é que era conforto.

— Obrigada — murmurei.

— Não há de quê — respondeu ele.

Quando comecei a cair no sono, escutando os cochichos distantes das minhas amigas, o ritmo embalador do trem, podia ter jurado que senti as pontas dos dedos de Josh penteando meus cabelos para trás devagar, suavemente, prendendo-os atrás das minhas orelhas.

E eu sorri.

FERRADO

Quando conseguimos tirar todos do trem e saímos cambaleando pelas ruas da cidade de Easton, os últimos vestígios da aurora já estavam se esvaindo, deixando atrás de si uma bruma agradável e espessa. Saltos altos afundavam na grama orvalhada, penetrando na terra macia e tornando difícil caminhar. Acabei tirando os sapatos, fazendo meus pés suspirarem aliviados. Pendurei os sapatos nos dedos e mexia as articulações enquanto andava. O alívio durou mais ou menos dez segundos. Depois disso meus pés viraram verdadeiros blocos de gelo.

— Você está bem? — indagou Josh, cutucando-me de leve com o braço.

— Estou. É que mal posso esperar para voltar para casa.

Casa. Easton agora era a minha casa. Billings era a minha casa. Foi a primeira vez que me dei conta disso.

Terminamos chegando à grade que circundava o campus da Easton. Fomos tateando ao longo das barras de ferro até chegarmos à abertura irregular, escondida por arbustos. Abaixando-nos, passamos, um a um, pelo buraco, levantando as saias para evitar que ficassem presas, cochichando instruções para ninguém bater com a cabeça em nenhum lugar. Depois da festa mais incrível das nossas vidas, ninguém tinha se preocupado em trocar de roupa, vestindo jeans e suéteres. Se alguém nos pegasse agora não iria fazer diferença a roupa que estávamos usando, e todos estavam cansados demais para se trocar.

Depois que passamos pela cerca, procurei ficar ao lado de Josh, sem querer perdê-lo de vista na neblina. Enquanto subíamos a ladeira, pude ouvir as vozes dos outros, mas não consegui distingui-los.

— Assustador, não? — disse Josh.

Estremeci e apertei meus braços nus.

— É. Mas pelo menos essa neblina vai nos esconder e impedir que nos vejam.

Se aquela festa acontecia todo ano, se trinta jovens voltavam para casa bêbados, de roupas de gala, todo ano, ao alvorecer, como é que ninguém jamais tinha surpreendido aquela turma? Era um mistério. Quanto mais nos aproximávamos dos alojamentos e dos prédios da escola, mais meus dentes batiam e meus ossos tremiam. Se alguém nos pegasse, eu estaria morta. Se alguém nos pegasse, teria sido tudo em vão.

Atravessamos o campo de futebol e nos abaixamos, escondendo-nos atrás da fileira de árvores que terminava nos fundos do Billings e dos outros alojamentos dos estudantes dos últimos anos. Paramos todos ao mesmo tempo para recuperar o fôlego. Não se ouvia som algum a não ser o de nossa própria respiração. A bruma abafava tudo.

— Todos prontos? — murmurou Dash.

Algumas pessoas concordaram. Eu mal podia respirar. Era agora ou nunca. Alguns momentos mais, e estaríamos a salvo.

— Vamos!

Todos se abaixaram e correram. Josh agarrou minha mão e alguns riram enquanto atravessamos os últimos metros de espaço aberto entre as árvores e a parede oeste do Dayton, um dos alojamentos de meninas. Uma vez lá, todos colamos na parede de tijolos frios e úmidos, recuperando o fôlego e agradecendo nossa sorte. A neblina não era tão espessa ali entre os edifícios do campus. Eu estava para me separar de Josh e correr para o Billings, quando olhei para os meus amigos e vi que os rostos deles estavam com um brilho vermelho, depois azul, vermelho, depois azul.

— O que está havendo? — disse alguém.

— Espera aí, gente.

Josh soltou minha mão e foi até a esquina do prédio. A princípio espiou com cuidado, mas depois seus ombros caíram e ele saiu de onde estava, expondo-se totalmente.

— Ai, meu Deus — disse ele.

Senti que estava perdendo o fôlego.

— Quê?

Nem mesmo o medo de sermos surpreendidos poderia evitar que satisfizéssemos nossa curiosidade. Todos fomos devagar até a esquina do alojamento e nos reunimos em torno de Josh. O que eu vi me fez sentir vontade de cair de joelhos e correr, tudo ao mesmo tempo.

Viaturas policiais. Por toda parte. Na grama entre os alojamentos. No pátio. Todos os alunos da escola estavam fora dos alojamentos, uns totalmente vestidos, outro semidespidos, cochichando e olhando em volta, enquanto os tiras uniformizados circulavam entre eles, falando baixo ou gritando ordens.

— Estamos ferrados — disse alguém atrás de mim.

Fui obrigada a concordar. Claramente, todos os policiais em um raio de cento e cinquenta quilômetros tinham sido convocados a comparecer. E por que não? Trinta estudantes desaparecidos? Trinta dos mais preciosos e superprivilegiados jovens do país? Naturalmente, as autoridades viriam em peso.

— Não foi por nossa causa — disse Josh. — Olhem só para eles.

E eu olhei. E ele tinha razão. Alguns dos alunos sentados nos bancos estavam de olhos arregalados e boca aberta. Outros choravam. Três meninas estavam se abraçando perto da entrada dos fundos do Bradwell. Em algum lugar perto dali alguém soluçava.

— Que diabo está acontecendo? — indagou Dash.

— Vamos.

Dash, Gage, Josh e Whittaker, junto com mais outros caras, saíram correndo à frente dos outros. O resto do grupo ficou paralisado. Só uma palavra passou pela minha cabeça.

— Thomas — sussurrei.

Dei meia-volta e olhei para Noelle. Sua pele estava tão pálida quanto a neblina que rodopiava ao seu redor. Ela olhou para mim, sem piscar.

— Acha que foi o...

E então ouvi passos tão pesados que parei de falar. Senti que alguém tinha posto a mão no meu ombro, com força. Imediatamente, todos os meus poros se encheram de receio.

— Reed — disse Josh, a voz tensa e rouca. — Reed.

Eu me virei devagar. Não queria olhar para ele. Não queria ver no seu rosto o que já tinha percebido na sua voz. Ele ficou ali parado diante de mim, arquejante. Lágrimas de angústia escorriam por seu rosto.

— Foi o Thomas. Encontraram ele — disse Josh, apoiando as mãos nos joelhos. — Reed, Thomas... está morto!

Fechei os olhos e cerrei as mãos com tanta força que as unhas me cortaram a pele das palmas. Pedi então, silenciosamente, ao meu coração que continuasse batendo. Reuni toda minha força de vontade, obriguei os meus pulmões a continuarem se enchendo de ar. Olhei para as minhas mãos, para o anel novo, cintilando às luzes que piscavam. Tentei concentrar-me nisso. E só nisso.

Sabia que se abrisse a boca, até mesmo um pouco, ia começar a gritar. Simplesmente começaria a gritar e nunca, nunca mais ia conseguir parar.

Este livro foi composto na tipologia Classical Garamond, em corpo 11/16, e impresso em papel off-white 80g/m² no Sistema Cameron da Divisão Gráfica da Distribuidora Record.